언젠가 헤어지겠지,
하지만 오늘은 아니야

ITSUKA WAKARERU. DEMO SORE WA KYO DEWANAI

© F 2017

First Published in Japan in 2017 by KADOKAWA CORPORATION, Tokyo.

Korean translation rights arranged with KADOKAWA CORPORATION,Tokyo

through JAPAN UNI AGENCY, INC., Tokyo and Korea Copyright Center, Inc., Seoul

언젠가 헤어지겠지, 하지만 오늘은 아니야

F 지음 · 송아람 그림 · 이홍이 옮김

한밤중에 쓸쓸해지는 것이 참 좋았다.

잠이 안 오면 깨어 있으면 되고, 내가 좋아하는 사람이 다른 누군가를 좋아한다면 나를 사랑하게 만들겠다는 전략을 세우면 된다. 실연당했다면 슬퍼할 의무 말고는 다 무시하면 된다. 외로우면 따뜻한 것을 먹고 몸을 데워 잠들면 된다…… 라고 남에게는 말할 수 있다. 남에게는 쉽게 말할 수 있다. 그러면서 정작 우리는 그렇게 하지 않는다. 못 한다. 그렇게 해서는 견뎌낼 재간이 없다고, 분명 마음속 어딘가에서 깨달았기 때문이다.

계절도 비도 향기도 쓸쓸해서 좋다. 디즈니랜드도 인터넷도 플라네타륨도 학교 끝나고 집에 오는 길도 청춘도 담배도 문학도 이어폰도 쓸쓸해서 좋다. 실연도 거짓말도 자취도 편의점도 도쿄도 지하철도 도서관도 미운 사람도 사랑스러운 사람도 당신도 나도, 쓸쓸해서 좋다.

그렇지 않았더라면 이렇게 만날 수 없었을 테니까.

그날 밤에 있었던 일이다. "나 혼자뿐인 밤은 어떻게 보내는 것이 좋을까?"라는 한 줄짜리 다이렉트 메시지가 와 있었다. 아무 생각 없이 적당히 답변을 써서 보냈던 것 같다. 섹스나 자위나 철학이라도 하지 그러냐…… 라고는 하지 않았고, 책 또는 영화를 많이 보거나 음악을 들으며 외로움을 끌어안은 채 어디든 먼 곳으로 혼자 가보지 그러냐고, 그러면 누군가와 어딘가에서 만날 수 있을 것이라고 답변했던 기억이 난다.

생각해보면 무책임한 말이다. 그날 밤, 그 사람이 원했던 것은 단 하룻밤 동안 '누군가'와의 충돌이었다. 도움이 될 만한 방법론도 아니고 의미 있는 말이나 명언도 아니었다. 연애도 사랑도 아닌, 그저 단 하룻밤을 버티기 위한 무언가였다.

외로움에 맞서봤자 소용없는 짓이라는 것을 사실 누구나 다 알고 있다. 나의 잠 못 드는 밤과, 누군가의 외로운 밤과, 그것을 알아차리지 못한 척을 계속해댔던 나의, 아무짝에도 쓸모없는 혼잣말이 어느 정도에 다다랐으니 봄에 책을 한 권 내기로 했다.

'외롭다'라는 말은 돌아갈 곳이 있는 사람만 할 수 있는 말이라고 한다. 이제는 그런 말을 쉽게 뱉을 수 없어진, 모든 사람들의 밤에 이 책을 전하고 싶다.

안녕하세요. 처음 뵙겠습니다. F라고 합니다.
좋은 밤 되세요.

차례

연애 강의, 혹은 비연애 강의

둘

우등생 여러분, 불량 학생 여러분

셋

"외롭다고 말해"

넷

연애를 뛰어넘어, 밤을 뛰어넘어, 영원을 뛰어넘어

하나

연애 강의,
혹은 비연애 강의

001

동경하는 것과 좋아하는 것의
차이에 대하여

미술 선생님을 좋아했다.

초등학교 때 "선생님, 좋아하는 책 있어요?"라고 여쭸더니 선생
님은 "내가 좋아하는 책을 읽고, 내가 좋아하는 말을 기억하고,
내가 좋아할 만한 이야기를 해도 나는 여전히 너를 좋아하겠지만
거기서 더 많이 좋아하게 되진 않을 거야"라고 웃으며 말씀하셨
다. "그러니까 너는 내가 모르는 책을 읽으렴." 적어도 그 전까지
모범생이고 싶었던 나는 그날부로 모범생을 관뒀다. 그녀가 좋아
한 책은 무엇이었을까? 그녀는 그로부터 이십 년이 지나 폐암으
로 세상을 떠났다. 편지라도 주고받으며 지내려고 했지만, 나의

악필을 보고 있자니 용서가 안 되어 결국 도중에 그만두었다.

그녀는 자줏빛이 도는 커트 머리를 했었다. 그래서 나는 지금도 머리가 짧은 여자에게 약하다. 초등학교 졸업식 날, 언젠가 데이트해달라고 선생님에게 조르기도 했다. 그녀는 지금쯤 천국에서 혼자 유화라도 그리며 하이라이트 담배를 피우고 있겠지. 당시 혼을 쏙 빼놓았던 선생님의 말에 나는 아무 대꾸도 하지 못했다. 직격탄을 맞았던 것이다. "더 많이 좋아하게 되진 않을 거야"라는 그 말에.

좋아하는 책을 묻는 것은, 요즘도 나에게는 일종의 고백이다. 좋아하는 뮤지션이 누구인지를 묻는 것도. 직접적이지 않은 방식으로 그 사람이 좋아하는 것을 알고 싶어서다. 그 사람을 좋아한다는 감정은 들키기 싫은 거다. 당연하게도.

무얼 좋아하는지 물어보는 게 실례가 되는 일일지도 모른다는 생각을 최근에서야 했다. 그것은 시험 전날 같은 반 성실한 친구한테 노트를 빌리는 행위와 닮았다. 그 사람이 온갖 노력을 다해 찾아낸 것을 아무렇지도 않게 가르쳐달라고 하는 건 옳지 않다.

좋아하는 것이란, 그 사람에게는 그만큼 신성불가침의 영역이며 존엄과 고독으로 가득 찬 무엇이다.

동경하는 것과 좋아하는 것 사이에는 차이가 있는 것 같으면서도 없다. 동경을 품은 호의는 사라지지 않는다. 경의를 품은 호의도 웬만해선 사라지지 않는다. 아무리 말다툼을 해도 상대방이 존경할 만한 인물이라면 '싸우지 않는다'라는 선택지가 최후의 최후까지 남는다.

그럼에도 불구하고. 내가 그때 해야 했던 한마디는 "나를 더 많이 좋아하지 않아도 돼요. 그냥 당신에 대해 더 알고 싶어요"였다. 또는 "당신에게 더 가까이 다가갈 수 있다면 얼마든지 상처받을 각오가 되어 있어요"라고 했어야 했다.

동경이란 상처받고 싶지 않은 만큼의 거리다. 호의는 상처받아도 괜찮다는 각오다. 나는 지금도 좋아하는 뮤지션의 콘서트에 가지 못한다. 갈 용기가 없다. 치바 유스케*가 라이브 무대에서 마이크 스탠드를 휘두르다가 발꿈치를 부딪혀 아프다고 난리

---

* 일본의 남성 가수 겸 작곡가(1968~). 2003년에 해산된 밴드 미셸 건 엘리펀트의 보컬로도 활동한 바 있다.

를 치면 어쩌나, 아찔하다. 시이나 링고*가 라이브 무대에서 실수로 계단을 구르면 어쩌나. 벤지**는 가사를 잊어버려도 멋있을 것이다. 그렇지만 노래와 노래 사이 토크 타임에, 그가 "나 디즈니도 좋아해"라고 하면 어떡하지? 그러고 보니 미셸 건 엘리펀트도 동경사변도 블랭키도 다 해체했다. 해체를 축하해주지 못하면 진정한 팬이 아니라는 것 정도는 잘 알고 있다. 생각했던 것과 다르다고 토라지는 건 분명 사랑이 아니겠지? 이렇게 했으면 좋겠다고 바라는 것도, 사랑이 아니다.

멋있으니까 좋아진 거다. 하지만 멋있지 않은 면도 사랑해야 한다. 그러지 않으면 동경의 단계를 벗어나지 못한다. 모든 면이 다 좋아지지 않을 수도 있다. 그렇지만 어쩐지 사랑스러운 구석이 있다고 느낀다면, 그건 틀림없이 사랑일 것이다.

* 일본의 여성 가수 겸 작곡가(1978~). 2012년에 해체한 밴드 동경사변의 보컬로도 활동했다.
** 2000년에 해체한 밴드 블랭키 제트 시티에서 보컬과 기타를 담당했고, 거의 모든 곡을 작사, 작곡한 아사이 겐이치의 애칭.

002

"그래서" 좋아진 게

아니다

결국 사람은 외모가 중요할까, 내면이 중요할까? 내가 생각하는
답은 이거다.

외모를 초월하는 내면이 있어야만 한다는 것.
반대로, 내면을 초월하는 외모는 매력이 없다.

이제 우리는 겉모습만으로 누군가를 사랑할 수 있을 만큼 어리
지도 않고, 성격만으로 사랑에 빠질 만큼 달관한 호인도 아니다.
인생의 반 넘도록 이렇게 어린애도 아니고 어른도 아닌 상태로

살아간다. 이 정도 방자함은 괜찮다고 생각한다. 애초에 선택지가 두 가지밖에 없는 설문은 문제 자체가 잘못된 것이다. 심지어 그 둘 중에 정답이 없다. 그럼에도 어쨌든, 선택하면 되는 문제는 풀기 쉽다. 하지만 문제가 '그렇게 선택한 이유를 서술하시오'가 되면, 살짝 골치 아파진다.

하여간 사람은 이유를 좋아하는 생물이다. 무엇이 됐든 누가 됐든 이유를 원한다. 예를 들어 처음 만난 사람끼리 서로 관심사를 물어보는 자리에서 "왜 그걸 좋아하세요?" 취직이나 이직을 할 때 면접 자리에서 "왜 이 일을 시작해야겠다고 결심하셨어요?" 아니면 친구와 이야기하다가 "왜 그 사람이랑 사귀기로 한 거야?"라는 질문을 던지는 상황만 봐도 그렇다.

무언가를 알아내려는 호기심이 있었기에 인류가 유인원에서 인간으로 진화했다는 사실을 부인할 수 없지만, 그걸 왜 좋아하느냐는 질문은 가끔씩 저급한 폭력과도 같이 우리를 엄습해온다. 이런 유의 질문에 나는 매번 머리를 감싸게 된다. 왜 좋아하게 되었는지 답하기가 어렵기 때문이다. 정말로 좋아하는 것일수록 더 그렇다. 물론 적당히 둘러댈 이유라면 얼마든지 있다.

왜 그 사람을 좋아하는지 물었을 때, 웃는 얼굴이 마음에 들었다거나 다정한 점이 좋았다고 대꾸하면 편하다. 하지만 실상은 다르다. 그런 흔한 이유는 또 다른 '생긴 게 마음에 드는 사람'이나 '더 다정한 사람'이라는, 다시 말해 그 특징을 충분히 갖춘 다른 사람으로 대체될 가능성이 있다. 그러나 어디에나 있을 그런 대체 가능한 사람에게 끌린 적은 결단코 한 번도 없다. "그래서 좋아"가 아니다. 문득 좋아진 것이다.

그렇다. 논리적으로 설명할 수 없으니까 좋아졌다. 온갖 말들과 수사로는 꾸며낼 수 없으니까 좋아진 것이다. 이미 누군가에게 설명할 필요조차 느끼지 않고, 설명할 수도 없을 만큼 터무니없는 고독을 맛보게 해줬기 때문에 좋아졌다.
도무지 이유를 모르겠으니까 좋아진 거다.

그러니까 이제 좋아하는 데에 이유는 필요 없다. 그러므로 이제 우리는 누군가에게 이유를 묻지 않아도 된다. 왜 그것을 좋아하느냐는 물음에 잘 모르겠다고 답한다면 무책임한 사람이라고 오해를 받으려나? 하지만 그래도 된다. 그것만이 유일한 진실이다.

우리는 서로를 잘 몰라도 된다. 그 어느 누구와도 서로 잘 모르는 채로, 입 다물고 그냥 사랑하고 싶다.

003

더 좋은 사람이나 운명의 상대를 찾아 방황하는 사람을 가리켜,
디즈니랜드 같은 사람이라고 이름 붙이고 싶다.

이 세상은 24시간 연중무휴로 영업 중인 디즈니랜드와도 같다.
앞을 보고 살아가라며, 긍정적으로 살아가라며, 우리는 실연의
슬픔에서 벗어나는 방법으로 명랑한 충고를 주고받는다. 나 역
시 가능하다면 웃으며 살고 싶다. 하지만 웃지 못할 일은 반드시
일어난다. 그럴 때마다 나를 정말로 구원해주는 것은 긍정적인
마음도, 낙천적인 마음도 아니다. 디즈니랜드에서 가장 먼 곳에

서 만들어진 무언가다. 아이팟 재생 리스트에 어두운 곡이 놀랍도록 몇 없는 사람이 하는 말은, 나는 한마디도 듣고 싶지 않다.

누군가를 좋아하게 되었던 이유조차 언젠가는 싫어지는 것이 사람이다. 그 사람의 다정함이 좋았어도 언젠가 그의 우유부단함이 싫어진다. 꿈을 좇는 모습이 멋지다고 느꼈어도 그 근거 없는 자신감과 현실에 대한 무심함에 문득 의문이 들기 시작한다. 대범하고 느긋한 성격에 슬슬 짜증이 나기 시작한다. 그 사람은 분명 내게 없는 장점을 지니고 있었다. 어떤 단점도 뒤집어보면 그 사람의 장점이 되는 것처럼, 반짝반짝 빛나던 장점도 단점으로 보이기 시작하는 아이러니. 그리하여 누군가는 '운명의 상대'를 찾기 시작한다.

자기 자신을 찾으려는 사람은 거울을 보려 하지 않는다.
운명의 상대를 찾는 사람은, 자신도 상대방도 제대로 바라보려 하지 않는다.

애초에 더 잘생긴 사람은 얼마든지 있었다. 더 다정한 사람도 많았다. 더 똑똑한 사람도, 더 부자인 사람도 있었다. 그럼에도 그 사람의 결점이 그 사람을 좋아하지 않고는 못 배기게 만들었다.
그 이상으로 바람직한 사랑은 존재하지 않는다.

장점을 보고 좋아하고 결점을 보고 사랑한다. 어떤 보상도 바라
지 않는다. 특별한 이유도 없다.
그 길이 사랑에 이르는 가장 빠른 지름길이었다.

더 좋은 사람이나 운명의 상대라는, 입 밖으로 꺼내기도 부끄러
운 허상을 찾아 헤매는 여행은 이제 끝내야 할 때다.
그런 건 찾는 게 아니라 만드는 것이다.

단순하게 누군가를 '좋아한다'는 마음을 스스로 검증해볼 필요
가 있다. 누군가가 좋아질지 아닐지를 결정짓는 그 허들의 높이
를, 자전거 안장의 높낮이를 조정하듯 정확하게 설정해야 한다.
상대방의 어떤 점을 어떻게든 바꾸고 싶다면, 그것에 대해 냉정
하게 이야기할 수 있는가? 아니면 서로가 냉정하게 대화할 수
있는 방식이나 거리 감각, 여유를 지니고 있는가? 그럴 만한 그
릇이 되는가? 지성은, 또 경험은 있는가? 경험이 없다면 포용력
은, 누군가를 사랑할 마음은 있는가?

자신이 어떤 사람인지 냉정하고 철저하게 알아냈다면, 이제 당신은 사랑할 준비가 다 되었다.

어찌할 바를 모르겠는 것이
어찌할 바 모르게 사랑스러워,
우리는 어찌할 바를 모르겠는 사람들이다.

004

벚꽃을 보다가 문득 이런 생각이 들었다.

'예쁨'에는 무서운 구석이 있다고. 반면 '귀여움'에는 무서운 구석이 없다. 예쁨은 그 비교 대상들을 모조리 죽여버린다. 귀여움은 오히려 이미 자기가 죽어 있는 상태다. 예쁨은 저온 또는 빙점 아래에 있지만, 귀여움에는 약간의 온기가 있다. 예쁨은 뒤돌아보지 않는다. 귀여움은 신기하게도 이쪽을 바라보고 있다. 예쁨은 한 방에 가깝다. 귀여움은 영원에 가깝다.

여기서 예쁨을 '아름다움'이라는 말로 바꿔도 좋을 것 같다.

더 구체적인 부분에서 아름다움과 귀여움의 차이가 드러난다. 예를 들어, 칭찬을 받으면 뺨이 빨개진다거나 이때다 싶을 때 정 작 부끄러워서 말을 못 한다거나 눈앞의 상황을 어떻게 말로 설 명해낼 수 없어서 이러지도 저러지도 못하고 울음을 터뜨린다거나. 그런 서툰 솔직함이 귀여움이라면, 이것과는 정반대의 행위를 즉시 행할 수 있는 당참이 곧 아름다움이 아닐까 싶다.

예쁜 것과 귀여운 것. 아름다운 사람과 귀여운 사람.
둘 중에 하나를 골라야 한다면, 단언컨대 이 나라는 사람이든 물건이든 귀여운 쪽을 선택할 것이다.

구글 검색 결과에 따르면, '예쁘다'는 약 2억 건이 조회되었고 '귀엽다'는 4억 건이 조회되었다. '귀엽다(가와이)'라는 일본어 단어가 다른 언어권에도 많이 알려졌기 때문에 당연한 결과일지도 모른다. 하지만 그런 이유가 아니더라도, '귀엽다'는 말의 유래는 『마쿠라노소시』* 시대로 거슬러 올라가야 할 정도로 역사가 깊다. 여태까지 얼마나 많은 사람들이 귀엽다는 말에 마음이

* 일본의 대표적인 고전 문학 중 하나로, 집필 시기는 11세기 초에 완성된 것으로 알려져 있다. 당시의 궁중 생활과 귀족들의 삶을 알 수 있는 일본 수필 문학의 효시라 할 수 있다.

동했을까?

귀엽다는 소리를 계속 듣고 싶어서 혈안이 된 사람이 있는가 하면, 귀엽다는 소리를 하도 들어서 숨어버린 사람도 있다. 귀여워지고 싶어 추악해진 사람도 있고, 귀여움에 계속 기대어 살다가 추해진 사람도 있다. 귀엽기만 해서 귀엽지 않은 사람도 있다. 귀여워야 된다는 말을 듣고 귀여움을 잃은 사람도 있을 것이다.

결국, 사람은 다 귀엽다.

조심스럽고, 좋아하는 마음을 제대로 표현 못 하고, 타인의 나쁜 마음에 놀라고, 자신의 나쁜 마음을 탓하고, 순수하게 인간관계를 고민하고, 아양을 잘 떨고, 조금 의존적이며 자신을 닮은 사람들과 무리를 짓는다. 가끔, 마치 잊고 있던 것을 떠올리듯 거만해지기도 한다. 아무리 안 좋은 일이 있어도 기를 쓰고 밝아 보이려 하고, 동경해오던 사람이 언젠가 자신을 돌아볼 수 있도록 그의 호기심을 자극할 만한 최신의 유행을 탐구해두고 마음속으로 몰래 기대하며 살고 있다.

하지만 귀여운 채로 있는 한, 주변 사람들에게, 또는 유행에, 그때의 감정에, 이 세상에, 끊임없이 휘둘리게 된다. 그리고 사람들이 말하는 귀여움은, 언제까지고 자기 결정권을 손에 넣지 못한 상태를 의미한다.

그렇다. 단언컨대 나는 귀여움 반대파다.
귀여워지고 싶다는 생각 따위 구차하다. 다케시타 도오리*를 싫어한다. 무지개 색 파스타나 케이크, 솜사탕도 싫어한다. 귀엽지 않느냐는 사람이나 물건에는 눈길조차 주지 않기로 마음먹었다. 시선을 갈망하는 귀여움에 필사적으로 달려들어봤자 금방 또 다른 귀여운 무언가가 등장한다. 귀여운 것들끼리의 경쟁은 거리에 차고 넘친다. 곧바로 소비하고, 곧바로 소비된다.

귀여움으로 승부를 보려는 태도는 이젠 졸업해야 한다.
세상을 상대로 부리는 애교는 이제 그만해야 한다.

이 수필은 지극히 사적인 주저리로 끝내겠다.
내가 생각하는 아름다운 사람이란 호의든 악의든 똑바로 당사자에게 전달하고, 따라서 인간관계에 대해 거의 고민하지 않고, 누

---

* 도쿄 하라주쿠에 있는 거리 이름. 아기자기한 문구와 패션 용품을 살 수 있는 골목이다.

군가에게 교태를 부리거나 기대지 않아도 되기 때문에 무리 지어 다닐 필요가 없으며, 애써 남에게 밝은 표정으로 대응할 필요도 없고, 누가 자신을 돌아보게 기를 쓸 필요도 없고, 그럼에도 자신을 뒤돌아보는 것에는 완전히 질려서, 혼자만의 세계에서 행복해하고 절망도 하는 사람이다.

"엄마, 아빠"라는 단어를 배우기에 앞서 "예쁘다"라는 말을 배운 아이가
별이나 화단, 다른 무언가가 눈에 들어오면 "예쁘다"라고 한다는,
친구한테 들은 이야기가 머릿속에서 떠나질 않는다.
만약 사치나 행복이 손에 넣는 게 아니라 마음으로 깨닫는 거라면
이 아이는 얼마나 사치스럽고 행복한 것일까.

손에 낀 반지의 개수는, 그 사람이 동시에 사랑할 수 있는 사람
의 숫자라고 믿는다.

근거는 없다. 보통 한 개면 충분한데 두 개, 세 개를 끼는 사람은
좀처럼 만족을 모르거나 아니면 허영심이나 자신감이 강한 사
람이라고 생각한다. 하나만 고르진 못하겠다는 마음을 숨기려고
하지도 않기 때문이다.

한편, 손목시계에 대해서는 다음과 같은 설이 있다.

연애 상대에게 바라는 스펙은, 즐겨 차는 손목시계 또는 갖고 싶

은 손목시계의 사양과 같다는 설이다. 참고로 나는 완전히 망가져도 몇 번이고 새 것을 살 수 있을 만큼 가벼운 가격, 아니면 1960년대 풍의 문페이즈가 달린 쓸쓸해 보이면서 로맨틱한 분위기를 풍기는 손목시계를 좋아한다.

손끝, 손톱에도 다음과 같은 설이 있다.
남자가 여자의 정성스럽게 다듬은 네일아트를 싫어하는 이유는, 그 남자가 작은 것의 아름다움을 이해하지 못해서가 아니다. 잠자리 중에 손톱의 장식이 자신의 그곳을 상처 입힐까봐 몸이 떨리기 때문이다. 여자가 남자의 더러운 손끝에 치를 떠는 것은 미처 손톱 끝까지 신경을 못 쓰는 흐리터분함에 본능적으로 거부감이 일어서라기보다, 손톱이 청결하지 않으면 자신의 그곳에 병균이 옮을지도 모른다고 무의식적으로 경계하기 때문이라는 것이다.

구두를 보고 그 사람의 성향을 판단하기도 한다.
구두로 사람을 판단한다니 싶겠지만, 이 세상에는 별의별 사람이 많으므로 웬만하면 구두에도 신경을 쓰는 편이 좋다. 처음 누구를 만났을 때 구두 밑창이 어떻게 얼마나 닳았는지에 따라 이 사람이 많이 피곤하구나, 라는 인상을 준다면 나만 손해다. 힐의 높이는 자신감이라 믿는 사람은 아직까지도 많다. 또 발뒤꿈치가 닳은 모양으로 그 사람이 걸을 때 몸이 앞으로 기우는 성격 급한 타입인지, 뒤로 기울어 발을 질질 끌며 걷는 타입인지도 알 수 있다. 뭐가 되었든, 남의 구두만 계속 쳐다보고 싶진 않은 법이지만.

상대방의 어떤 호의에 "고마워요"가 아니라 "미안해요"나 "죄송해요"라는 말이 반사적으로 튀어나오는 사람은, 분명 남몰래 고생한 적이 있는 사람일 것이다. "그렇구나"가 입버릇인 사람은 무언가에 해탈한 사람이며 "그러니까 내 말은"을 연발하는 사람은 판을 정리하고 싶어 하는 성격 급한 사람이다. 보이는 대로가 곧 전부다.

성격은 얼굴에 드러나고, 본심은 행동에 나오고, 감정은 목소리로 나온다는 헛소리 같은 가설이 틀리지 않았다면, 분명 이런 가설도 가능하다. 자신감은 옷깃에 드러나고, 경계심은 가방 벌어지는 데서 나온다. 여유는 걷는 속도로, 염세주의의 정도는 미간으로 드러난다. 반항심은 필적을, 자학적 경향은 물어뜯은 손톱을 보면 알 수 있다. 의자에 앉는 자세를 보면 그가 남을 얼마나 폭력적으로 대하는지를 알 수 있다. SNS 또는 남을 욕하거나 푸념하는 내용을 보면, 그 사람이 열망하지만 갖지 못한 게 무엇인지 극명하게 보인다. 그 사람이 질투심을 어떻게 해소하는지 보면 그가 내면에 지닌 아름다움이 어떻게 발현되는지가 보인다. 남을 탓하는 방식을 보면 어리광이 보인다.

이별의 이유를 보면 그 사람이 실천할 수 있는 만행의 정도가 적나라하게 드러나는 경우가 많다. 그래서 상대방이 전 연인과 어떻게 헤어졌는지 궁금하다. 그건 그렇고, 이별하는 타이밍은 씹던 껌을 버리는 타이밍과 같다고 한다.

육체적 관계가 목적이 아닌 남자는 단 한 명도 존재하지 않는다.
남자와 나눈 메시지 기록을 훑어보기만 해도 쉽게 알 수 있다.

"보고 싶어" "잠깐 한잔할까요?" "피곤하다" "배고파" "외로워"
"오늘은 일 열심히 했어" "영화 보러 갈래?" ……이 모든 말은,
"섹스하고 싶어요"라고 해버리면 너무 가볍고 실례되니까 나름
대로 최대한 가련해 보이도록 머리를 굴려서 그렇게 돌려 말한
것일 뿐이다.

"막차 시간 괜찮아?"라고 물어봐주는 남자가 있다고 가정하자. 이것은 이름 모를 연애 입문서를 읽고 우연히 외운 문장을 기계적으로 내뱉어본 것에 불과하다. 절대로 그가 다정해서, 눈치가 빠른 것도 아니다.

남자란 자존심이 세고 속마음을 고백하는 데에 1억 년이 걸리는 성기 같은 존재다. 일본도가 아이폰으로 바뀌어도, 사무라이의 머리가 가지런한 가르마로 변한 이 시대에도, 남자란 성기 그 자체다.

따라서 사랑받고 있는지 아닌지를 확인하려면, 사랑의 행위를 끝낸 직후의 행동을 볼 수밖에 없다.

그때가 실제로 남자의 속마음을 확인할 수 있는, 그 모든 것을 최대로 믿을 수 있는 타이밍이다. 순간 최대 풍속 직후의 사랑. 관계가 끝난 직후 남자는 아이큐가 2까지 떨어진다는 얘기를 들은 적이 있다. 진위 여부는 모르겠지만, 그때라면 적어도 쓸데없는 거짓말을 할 여유는 없는 것임에 틀림없다. 만약 그때 "사랑한다"는 말을 들었다면, 그건 틀림없이 진짜다.

반대로, 이렇게도 말할 수 있다. 관계가 끝난 직후에도 달콤한 말로 여자를 속일 수 있는 남자는 그쪽 방면의 천재라고밖에 볼 수 없다. 거짓말도 아부도 잘하고, 그러니까 거래처도 상사도 그의 성의에 속고, 일 잘하고, 그래서 돈을 버는 남자다. 딱 하나 부족한 것은 정조 관념 정도랄까. 이런 남자에게 속았다면 별수 없다고밖에 할 말이 없다.

어떤 몸이든 결국에는 썩는다. 디즈니랜드나 신주쿠 가부키초* 거리를 손잡고 걷는 노신사와 노부인이 말도 안 되게 빛나 보인다. 그건 그들이 육체라는 문제를 아득히 먼 옛날 초월했기 때문일 것이다.

---

* 도쿄 신주쿠에 있는 지명. 유흥업소들이 모여 있는 곳으로 유명하다.

겉치레 (보고 싶다는 말에) "요즘 바빠."
속마음 '너랑 만나도 전혀 마음이 편하질 않아.'

겉치레 "행복해졌으면 좋겠어."
속마음 '이제 만나기 싫다.'

겉치레 "개성 있는 취미를 가지셨네요."
속마음 '나랑 근본적으로 안 맞는 애구나.'

겉치레 "손톱 예쁘다."

속마음 '……라고 해주면 좋아하겠지?'

겉치레 "피곤해." "졸려." "보고 싶어." "오늘 만날 수 있어?"
　　　"배고파."

속마음 '너랑 자고 싶어.'

겉치레 "인기 많으시겠어요."

속마음 '많이 놀아본 거 같은데 뭐 숨기는 거 없어?'

겉치레 "귀여우시네요."

속마음 '내 타입은 아니네.'

겉치레 "요즘은 연애할 생각이 딱히 없어."

속마음 '섹스는 하고 싶은데, 연애할 마음은 전혀 없어.'

겉치레 "우리 다시 친구로 지내자."

속마음 '육체적 관계는 계속 유지하고 싶어.'

겉치레 "이사할까 싶어."

속마음 '나랑 같이 살 마음 있어?'

겉치레 "야, 나 바람피우는 거 귀찮아서 못 해."

속마음 '거짓말이야.'

겉치레 "진짜로 너밖에 없어."

속마음 '완전 거짓말이야.'

겉치레 "나 좋아해?"

속마음 '넌 너무 무심해.'

겉치레 "직장을 옮겨볼까 고민 중이야."

속마음 '나랑 결혼해줄래?'

쭉 같이 있자고 말해주는 것보다,

다음 달 일정을 비워두는 게 더 기쁘다.

결혼하자고 하는 것보다,

아무 말 안 하고 혼인 신고서를 내미는 모습이 더 성실해 보인다.

행복하게 해주겠다고 하는 것보다,

사흘에 한 번 티롤 초콜릿을 주는 게 더 믿음이 간다.

절대적인 약속은 말로 하는 게 아니다.

지킬 수 있는 건 행동밖에 없다. 끝낼 수 있는 것도.

좋아하는 사람에게 하는 남자들의 행위들에 백 점 만점을 기준으로 점수를 매겨보겠다. 아주 많이 사랑할 경우가 100점, 사랑의 맥이 짚이지 않을 경우가 0점이다.

만약 그가 당신에게 전 애인과 왜 헤어졌냐고 이유를 물었다면, 그것은 만국 공통으로 평소 당신에게 호기심을 품고 있다는 증거다. 하지만 경우에 따라 단순히 분위기가 싸해지는 것을 피하려고 물어본 것일 수도 있다. 10점.

지금 사귀는 사람이 있는지 묻는 것도, 상대를 탐색하고 있다는 증거가 된다. 이것도 10점. 빙 에둘러서 물어볼수록 점수가 높아진다고 보면 되겠다. "작년 크리스마스에는 뭐 하고 보냈어?" 또는 "그 액세서리 근사하다, 누가 선물해준 거야?"라고 묻는 것은 겁 많은 남자들이 쓰는 유서 깊은 수법이다.

이와는 정반대로 "인기 많겠어" 아니면 "귀여워"라는 칭찬의 말은 '그런데 나는 너한테 하나도 관심 없어'라는 속뜻을 담고 있다. 귀엽다는 말에는 밤하늘의 별 개수만큼 다양한 의미가 있다. 그러나 남자가 쉽게 입에 올리는 '귀여움'은 무표정으로 "재밌네"라고 하는 것과 똑같다는 걸 염두에 두시기를 바란다. 진심으로 귀엽다고 느낀다면, 입이 찢어져도 말로는 못 한다. 길에서도 서슴없이 추파를 날리는 이탈리아 남자와 같은 선상에 놓는다면 오산이다. 마이너스 50점.

밥을 사는 것은 그저 사교상의 규칙 같은 것이다. 하지만 두 번이나 밥값을 낸다면 더 이상 평범한 사이가 아니다. 30점. 세 번이나 밥 먹자고 했다면 두말할 것 없이 마음이 있는 거다. 게다가 평소 자기가 다니는 곳보다 조금 가격대가 높은 식당이라면,

40점 정도 되려나. 보통은 싫어하는 사람과 밥을 먹으려 하진 않는다. 하지만, 겨우 세 번 밥 먹고 호텔로 데려가려고 한다면 마이너스 50점. 정말로 자기 사람으로 만들고 싶은 상대에게는 그렇게 쉬운 전개로 끌어들이지 않는다. 좋아는 하지만 사랑하는 건 절대 아니다. 좋아하는 정도가 깊어질수록, 에스코트가 점점 엉망이 되는 것이 남자란 생물이다. 그럴수록 얘기가 엉뚱한 데로 튀고 애매해지고 만다.

서론이 길어졌다. 사실 이런 건 누구나 아는 내용이다.

메시지나 메일로 일주일 후의 일정을 물어본다면 10점. 내일 일정을 묻는다면 5점. 오늘 밤 일정을 묻는다면 1점. 상식이다.

묻지도 않았는데 "오늘 이런 일이 있었어"라며 별것도 없는 일상 이야기를 한다면 25점. 아무 내용도 없는 이야기는 고백과도 같다. 그건, 남자든 여자든 똑같다.

자기 자랑은 1점. 대단한 사람처럼 보이길 바라는 마음은 누구에게나 같다. 당신을 신바시*에 있는 아저씨 정도로 생각할지도 모

---

* 도쿄 중심가에 있는 상업 지구 지역 이름.

른다.

"내 친구도 같이 만날래?"라고 물어봤다면 50점. 당신에 대한 친구의 객관적인 평가를 듣고 싶은 거다. 당신이 관심 없는 남자에게 어떻게 대하는지 알고 싶어서이기도 하다. 덤으로, 당신을 부모님에게 소개해드리기 전에 당신이 자기 주위 사람들과 어울리는 모습을 보고 싶은 속마음도 숨겨져 있다.

가끔 24시간 영업하는 식당에 데려갔다면 60점. 심각하게 돈이 없는 상황일 수도 있지만 자기가 돈이 없을 때 당신은 어떻게 행동하는지 알고 싶은 거다. 늘 밥을 사던 사람이 더치페이를 해도 되겠냐고 묻는 것도 똑같은 점수를 주겠다. 남자는 상대한테 자기가 돈 없는 사람으로 여겨지는 것을, 발기부전 소릴 듣는 것보다도 싫어한다. 그럼에도 자신의 궁상맞은 모습을 솔직히 고백했다는 것은, 당신을 잠정적으로 신뢰하기 시작했기 때문이다.

어느 정도 친해진 다음에 "살 안 빼도 될 거 같은데"라고 했다면 65점. 다이어트 얘기를 하는데 만약에 상대가 얘기를 피한다면, 했으면 좋겠다는 무언의 표현이다.

디즈니랜드 데이트는 난이도가 높아서 채점 불가다. 드물지만 마음 깊은 곳에서 디즈니랜드를 좋아하는 남자도 있기 때문이다. 디즈니랜드 입구 게이트에 발을 딛는 것만으로 두통이 생길 것 같은 남자가 같이 가주었다면, 그건 한 70점으로 해두자. 그건 주말 출근이나 다름없는 고역이다.

침대에서 몇 번이고 몇 번이고 당신을 원했다면 75점. 몇 번이나 해야 직성이 풀리는 것은 성욕이 강해서가 아니다. 상대가 아직 자기 것이 안 되었다고 느끼니 계속할 수밖에 없는 거다. 남자는 자기가 좋아하는 만큼 상대도 나를 좋아한다고 확신하지 못한다. 소위 말하는, 남자에게 손톱만큼의 애잔한 거리가 느껴지는 이유다.

끝난 직후 "사랑해"라는 소리를 들었다면 89점. 엄청 좋아하는 거다. 섹스 파트너에게는 절대로 할 수 없는 말이다. 그저 섹스 파트너에 불과한 남자가 이 말을 한다면 연인으로의 발전 가능성이 있는 거다. 하지만 진심으로 좋아한다는 건, 더 현실적이고 더 무겁고 더 가슴 아프다. 때에 따라서는 서슴지 않고 상대를 불안하게 만들기도 한다.

평소에는 강압적이고 이길 줄만 알던 남자가 일에 대한 푸념이나 약한 소리를 했다면 90점. "이사할까 하는데"도 90점. "직장을 옮길까봐"라고 말을 꺼내면 95. 이것들은 가볍게 자기 얘기를 하는 것처럼 보이지만 실상은 전혀 다르다. 이제 당신이 좋냐 싫냐 단계를 뛰어넘어 앞으로의 삶을 함께해주냐 마느냐, 미래의 인생 단계에 당신을 포함하고 있는 것이다. 당신과 함께 살고 싶은 거다. 내 삶에 상대가 함께해줄 것인지 확인하고 싶은 거다.

결혼해서 잠자리 없이도 사이가 좋다면 99점. 이제 당신을 이길 수 있는 사람은 아무도 없다. 바람을 피든 불륜을 저지르든 어떤 여자가 와도 당신이 이긴다. 뭐, 살면서 무슨 일이 생길지는 모르는 일이지만.

그럼, 백 점 만점짜리 말과 행동은 무엇일까, 여기서 말을 아끼고 펜을 내려놓고자 한다.
즐거운 모험되시기를.

어디까지나 내 개인적인 경험에 따른 것이지만, 필적으로 성격을 알아보는 것처럼 만약에 문체만으로 어떤 성격인지 감정이 가능하다면 다음과 같지 않을까 싶다.

아름다운 글을 쓰는 사람 → 실제로는 농담밖에 안 한다.

공격적인 말을 많이 쓰는 사람 → 정반대로 매우 예의 바르고 한결같이 말이 빠르다.

야한 얘기를 흩뿌리고 다니는 사람 → 의외로 지고지순하며, 부끄러움이 많다.

구두점을 심하게 많이 쓰는 사람 → 말이 빠르고, 독재적 성향이 있으며, 외로움을 많이 탄다.

한 문장을 심할 정도로 길게 쓰는 사람 → 토론을 좋아하고 집요한 성격이다.

이모티콘 많이 쓰는 사람 → 상대에게 바라는 사랑의 깊이와 빈도가 엄청나다(특히 육체적으로).

캐릭터 이모티콘을 많이 쓰는 사람 → 역시 침대에서 상대에게 바라는 바가 엄청나다.

감탄사가 많은 사람 → 말이 없고, 결백하고, 영리하다.

글을 재밌게 쓰는 사람 → 극히 일부를 제외하고, 인기가 하나도 없었던 과거가 있다.

언어는 세상의 한계라고, 비트겐슈타인이 말한 바 있다.

문체는 세상을 해석하는 기반이라고, 미시마 유키오는 말했다.

다시 말해, 글이 곧 사람이다.

나는 채팅 같은 걸 해본 적이 없다. 이미 소통하고 산다는 것 자체가 대체로 채팅과 같기 때문이다.

재미있거나 아름다운 글을 쓰는 사람하고만 만나기로 결심했다. 막상 그런 사람을 만나보면 재미없거나 아름답지 않은 사람일 가능성도 얼마쯤 있다. 하지만 반대로 재미없거나 아름답지 않은 글을 쓰는 사람을 만나보면, 거의 백 퍼센트 별 볼 일 없는 사람이었다.

의심의 여지 없이, 세상을 살다 보면 한 사람을 만나기 전에 그의 글부터 마주하는 일이 빈번하다. 원하든, 원치 않든 SNS나 메신저 등으로 끊임없이 쏟아져 나오는 누군가의 글을 읽어야만 하는 시대다. 사회인이 되기 전에도, 되고 나서도 그렇다. 특히나 업무상 주고받는 메일은 특별히 깊은 뜻을 내포하고 있다.

"잘 부탁드립니다"라는 글자에 한자를 하나도 안 섞어 쓰는 사람보다 한자를 섞어서 쓰는 사람이 더 제대로 된 사람일 확률이 압도적으로 높다. 신입 1년차부터 퇴직하는 당일까지 대략 백만 번은 메일에 썼을, 이 형식에 찌든 문장이야말로 그 사람의 성격을 낱낱이 드러내준다.

"안녕하십니까"부터 "잘 부탁드립니다"까지, 마치 유니폼과도 같은 형식적인 문장 속에 얼마나 한자어를 섞어 쓰는지, 행갈이를 어느 정도로 하는지에 평소의 습관이 묻어난다. 그 사람 고유의 문체에서 스며 나오는 숨길 수 없는 개성. 매번 그 메일을 보내는 사람의 관용, 짜증, 성의, 긴장, 비애 등등의 감정. 만나서 회의를 하기 전 단계에 '아, 이 사람은 대충 이런 사람이구나' '그래서 이런 식으로 대하면 큰일 나겠구나' 하고 꽤 정확하게 추측할 수 있다.

인터넷에서 시작된 연애가 옳은지 그른지에 대한 논의는 이미 옛날이야기가 되었다. 옥신각신, 우여곡절 끝에 우리는 다시 시조를 주고받으며 상대를 고르는 시대로 당당히 퇴행한 것이다.

---

* 일본어로 '잘 부탁드립니다'는 한자와 히라가나를 섞어 쓰는 방법과 히라가나만 쓰는 방법이 있으며, 다음과 같이 다양한 조합이 가능하다. 宜しくお願い致します, よろしくお願いいたします, 宜しくお願いします, よろしくお願いします, よろしくおねがいします.

그렇게 달콤한 메시지로 서로를 홀릴 때, 상대방의 본심을 확인한 뒤 상대방의 문체를 더 면밀하게 끝까지 지켜보는 편이 낫지 않을까 싶다.

누군가를 좋아하게 된 계기가 외모나 특정 행동이 아니라, 그 사람이 쓴 글이었을 때 실제로 더 좋았던 경우가 많았다.

문체나 단어, 글의 시점에서 배어나오는 지성, 감성, 논리, 성격…… 그 모두가 좋다고 느꼈기 때문일 것이다. 얼굴은 다 거기서 거기다. 애초에 겉보기를 중시하는 데서 구축된 가치관은, 어느 정도 글에도 반영이 되곤 한다. 그러니 되도록 글에서 글쓴이의 가치관을 정확하게 가늠해내야 한다.

하나의 문장이 나오기까지 99억 개의 '탄생했을 수도 있었을 문장'들이 끝내 세상의 빛을 보지 못한 채 사라져야 한다.

누가 좋아지는 계기는 단순히 글 때문이라곤 말하기 어렵다. 그 어떤 시시한 이유도 아니다. 그래도 그 사람을 계속해서 좋아할 수 있는 이유를 말로는 절대 표현할 수 없을 만큼, 두 사람은 잘

될 것이다. 왜 이 사람이 좋은지 모르겠는, 바로 그 공백을 혼자서도 잘 견뎌내었을 때 비로소 우리는 잘해나갈 수 있다.

왜 그런지는 모른다. 왜 그런지, 알 게 뭔가.

"당신은 어떤 사람이에요?"

"시시한 사람이에요."

"이렇게 좋은 글을 쓰는 사람이 시시하다니… 믿어지지 않는데요?"

"글은 여자 꼬시려고 쓰는 건데요. 얕아 벌써 넘어오신 거예요?"

"인정하고 싶진 않지만 아마도 그런 것 같네요."

"그럼 우리 만날까요?"

나이 어린 여성을 홀리는 남성은, 가십을 좋아하고 정신적으로
안정되어 있으며 말도 잘하고 듣기도 잘하는 사람이다. 커리어,
센스, 지식, 돈, 권위, 여유, 자신감까지 모두 갖춘 것처럼 보인다.
그러나 그런 그에게도 자신감만은 완벽하게 결여되어 있다는 것
이, 나의 지론이다.

본인이 딱 그녀의 나이였을 때, 어떤 이유로 즐기지 못했던 청춘
을 이제 와 그녀와 연애를 함으로써 최선을 다해 되돌리려 하는
것이다. 현대판 다니자키 준이치로*다. 그러나 그처럼 우아한 사

랑법은 아니다. 마치 봄 햇살을 받아 흐물흐물 녹아내린 것 같은 초콜릿이나 다름없는 게 바로 나이 든 남자라는 사실을 전국의 엄마 아빠들이 수십 번 침이 마르도록 경고했음에도, 역시나 여성들은 연상의 남자를 좋아한다.

하긴 내가 만약 가련한 소녀라면, 릴리 프랭키나 게리 올드만이나 매즈 미켈슨 같은 중후한 남자가 오늘 밤 같이 한잔하자고 하는 날엔 몇 분 내로 팔다리 제모를 깨끗하게 할 것이다.

여고생이나 여대생이라는 신분은 더도 덜도 말고 그저 고등학생이나 대학생을 나타낼 뿐이다. 그러나 여고생, 여대생이라는 말만 들어도 흐뭇한 미소를 짓는 남자도 있다.

제목은, 연상의 남자를 공략하는 방법이다.

가능하면 특정 신분을 이용하거나 외모만을 내세우지 않고, 오로지 말과 행동, 다시 말해 나라는 사람만으로 상대방을 유혹하는 것이 가장 이상적이다. 그 방법이란 다음과 같다.

---

* 일본의 탐미주의 문학을 대표하는 소설가(1886~1965). 예술과 여성을 숭배하고, 사디즘과 마조히즘, 에로티시즘을 특징으로 하는 작품을 썼다. 대표작으로 『슌킨 이야기』, 『미친 사랑』 등이 있다. 『미친 사랑』은 자유분방하며 자기 욕망에 충실한 열다섯 살 소녀 나오미를 사랑한 주인공이 결국 자신을 파멸시키기까지의 삶을 우아하고 정교한 필치로 그린 소설이다.

어리광은 금지. 상대방이 어리광을 부리게 만든다.

– 보통 연상 연하 관계에서 연하는 연상에게 당연하다는 듯 어리광을 부리고, 연상은 연하가 자신에게 어리광 부리게 해준다. 그러나 연하가 연상을 공략하려면, 이때다 싶을 때 철저하게 자신에게 어리광을 부리게 만들어 서로의 위치를 뒤집어야 한다.

구체적으로 칭찬한다.

– 근본적으로 자신감이 부족하고 정신적인 안정과 불안정을 반복하는 연상의 남자가 흔들리는 모습에 연하의 여자 입장에서 뭐라도 해주고 싶어지고, 또 뭐라도 해주는 것은 너무나 쉬운 일이다.

이야기 중에 대놓고 "와, 정말? 너무 잘했다"라고 칭찬해주는 것만으로 연상의 남자는 무릎을 후들거리며 무너져내린다. 상사에게 욕먹고, 동료와 경쟁하고, 메일로 거래처 사람과 싸우고, 후배한테는 무시당한다. 그런 남자는 아무리 포커페이스로 진심을 감추고 있더라도 속으로는 칭찬받고 싶어 한다. 아주 잘했다고, 대단하다고, 계속 말해주면 머지않아 카르타고처럼 함락될 것이다.

존댓말과 반말을 섞어 쓰다가, 갑자기 뒤집는다.

- 말할 나위도 없는 스킬이다. 존댓말로 다가가서 반말로 내친다. 이것을 반복한다. 자기를 좋아하는 건지 아닌지 모르겠는 상태로 몰아넣는 것이다.

일부러 젊은 세대(또는 나)밖에 모르는 이야기를 한다.
- 상대방으로 하여금 이 시대에 뒤처지고 있다는 열등감에 서서히 빠지게 만든다. 연하와 관계를 맺음으로써 요즘의 화제와 유행을 알아낼 수 있다는 점을 머릿속에 심어주는 것이다.

남자가 종사하는 업계에 관심이 있는 척한다.
- 다른 업종에 있는 연상을 만나고 있거나, 그와 선생님과 학생, 대학생과 고등학생 관계라면 우선은 그 남자의 환경을 자세히 아는 것이 중요하다. 왜냐고? 남자가 말은 하고 싶은데 가장 꺼내기 어려운 것이 직장 생활의 푸념, 환경에 대한 넋두리, 아니면 장래에 대한 불안이다. 그런 종류의 고민을 술술 꺼내게 하기 위해서 남자가 일하는 업계에 대해 잘 알아두는 것이 좋다. 그렇게 함으로써 "그냥 귀여운 동생이랑 얘기하고 있다"는 우쭐함을 깨부술 수 있다.

똑같은 환경에 있는 젊은 남자와 일상적으로 자주 접촉하고 있음을 넌지시 알려라.

— 안정적인 관계가 되면 질투를 하게 만들어야 한다. 질투가 시작되면 이제 나이 서열은 파괴된 것이나 마찬가지다.

앞서 길게 말했듯, 나이 든 남자에게 작업을 걸 가치 따위는 없다. 그러나 그럼에도 공략하고 싶은 사람이 있다면 위의 전략을 추천한다. 연하의 여자 보기를 뱀과 전갈로 알던 나 역시, 딱 한 번 이런 방법으로 넘어간 적이 있다.

악녀는 "그런데 사귀는 사람 있어요?"라는 남자의 질문에 "만약 없다고 하면 어쩌시려고요?"라는 대답이 최고임을 안다. 그리고 자기가 그다지 좋아하지도 않는 남자에게 이런 대답을 아무렇지도 않게 할 수 있는 용기와 사치가, 악녀를 더욱 악녀답게 만들어준다.

'악녀'라는 단어의 제일 첫 번째 뜻은 예전에는 '얼굴이 참으로 못생긴 여자'였다. 두 번째 뜻은 '마음이 못생긴 여자'. 그리고 세 번째 뜻은 '남자를 손안에 놓고 마음대로 쥐락펴락하는 여자'였다.

1930~1940년대경, 자고 있는 남자의 성기를 잘라 그것을 들고
도망친 어느 유녀遊女가 있었다. 그녀는 그런 식으로 남자를 죽이
는 것만이 그를 가질 수 있는 방법이라고 믿었던 모양이다. 결국
그녀는 체포되었고 살인죄로 감옥에 갔는데, 그녀가 있는 교도
소로 교제를 원하거나 결혼하자는 남자들의 팬레터가 쇄도했고,
그 편지를 세어보니 만 통이 넘었다는 기록이 있다.

그때까지만 해도 '악녀'의 뜻은 '무슨 짓을 저지를지 모르는 여
자'였을 뿐이었던 것 같다. 그러나 지금은 다르다. 요즘 시대의
악녀란, 어디까지나 현실적이며 합법적으로 남자의 목숨을 손에
쥐고 흔드는, 냉정하면서 지적이고 교활한 여자를 뜻한다. 불륜
을 저지르고, 그런 다음 쉽게 싫증을 내고, 아니다 싶으면 버리
고, 다음의 상대로 넘어간다.

그런 역대 악녀들의 성과가 소설이나 드라마, 영화 등 여러 매체
를 통해 알려지며, 악녀의 정의는 현대적 의미인 '남자를 손안에
놓고 마음대로 쥐락펴락하는 여자'로 업그레이드된 것이다.

악녀는 예전부터 미움받는 것이 당연했다. 아프가니스탄과 이란 같은 곳에서는 아직도 간통의 처벌이 사형이며, 일본에서도 한때는 간통죄가 구형법에 기록된 적이 있었다.

그럼에도 불구하고.

요즘 세상에 악녀는 인기가 많다. 불륜 관련 보도는 계절을 불문하고 솟아오르는 불꽃과도 같이 텔레비전을 수놓는다. 불륜을 당한 여성보다, 불륜을 저지른 여성이 여러 의미로 더 주목받는다. 너무나 많은 사람들을 적으로 돌리는 여성을 보고, 여론상 그녀의 편이 되어주는 사람이 일정 수 존재하기 마련이다. 그렇게 해서 사실에 대해 침묵하는 가해자와 악녀는 선악의 저 세상 너머에서 삶에 결단을 내리고 사는 영웅적인 아우라를 획득한다.

다자이 오사무는 "어른이란, 배신당한 청년의 모습이다"란 말을 남겼지만, 어쩌면 이렇게도 말할 수 있지 않을까? 어른이란, 목숨을 걸었던 첫사랑에 마음을 찢긴 소년 소녀라고. 길에 널린 행복한 커플들에게 배신당한 첫사랑의 복수를 대신해줄 악의로 똘똘 뭉친 운석과도 같은 악녀는 더없이 상쾌한 존재가 아닐 수 없다. 배신당한 우리를 대표해 세상을 속이고 남자에게 맞선다. 버림받은 입장에선 기립 박수를 쳐주고 싶은 존재다.

나를 차버린 전 남자 친구를 증오한다. 하는 김에 모든 남자를 증오한다. 언젠가 반드시 복수하겠다고 격분해서 이를 갈며 기회를 노리는 것도 일종의 건강한 대처법이다. 자, 그럼 이제 어떻게 복수할 것인가?

가장 좋은 방법은 악녀가 되는 것이 아닐까, 나는 생각해본다. 다들 좋은 사람이다. 아니면 좋은 사람처럼 보이기를 바라는 사람이다. 그리고 좋은 여자란 곁에 있으면 좋은 여자고, 결국 있어도 없어도 좋은 여자, 그리고 쉬운 여자, 다시 말해 뭘 해도 상관없는 여자가 된다. 그렇다면 남은 건 악녀가 되는 수밖에 없다.

복수하고 싶은 전 애인이 가장 슬퍼지도록 만드는 방법은 아주 쉽다. 미친 듯이 공부하고, 미친 듯이 일에서 성과를 내고, 미친 듯이 돈을 모으고, 미친 듯이 좋은 것을 먹고, 그리고 무엇보다 미친 듯이 여러 남자와 행복한 밤을 보내고, 쓴맛 단맛 다 보고 미친 듯이 아름다워지는 것이다.

그러나 여기까지 하면 그냥 좋은 여자다. 나쁜 여자는 다르다.
앞서 언급한 것들 중 돈과 좋은 음식은, 남자를 써서 보란 듯이
편하게 해결한다. 좋은 여자와 나쁜 여자의 가장 큰 차이점은
이것을 손에 넣기 위해 언어를 무기로 삼을 줄 아는가 모르는
가, 그리고 무슨 말을 어떻게 하면 남자에게 원하는 것을 얻어
낼 수 있는지, 그에 앞서 자기가 무얼 원하는지 알고 있는가 모
르는가이다.

그렇게 해서 언젠가 전 애인과 길에서 우연히 만났을 때, 상대
방이 "우리 옛날 생각난다"라고 말을 꺼낸다면 거기에 대고 "그
런데 너 이름이 뭐였더라?"라고 대답하며 미소 짓는 것이다. 그
날이 올 때까지는 도전과 실패를 반복하며 실전에 부딪히는 수
밖에 없다.

분명한 것은, 성실한 여자만이 악녀가 될 수 있다. 버림받아 절망
한 적이 있는 여자만이 악녀가 될 수 있다. 한때 좋은 여자였던
여자만 가능하다. 유쾌한 미국인도, 자유분방한 프랑스인도 악

녀가 될 자격은 없다.

악녀, 그것은 일본 여성의 천직이라고 나는 생각한다.

012

멋대로 구는 나도
사랑해줄 수 있는 사람

편한 사람은 다 퍼주어서 사랑받으려고 한다.

어려운 사람은 먼저 마음을 주지 않으면 사랑받는다는 것을 안다.

편한 사람은 무언가를 해주고 보답을 바란다.

어려운 사람은 기대하지 않는다. 혼자서도 행복하게 산다.

편한 사람은 싸움을 피하려고 한다.

어려운 사람은 물러서지 않을 거라고 처음부터 말한다.

편한 사람은 상대가 원할 때 사랑을 나눈다.
어려운 사람은 그날 기분에 따라 사랑을 나눈다.

편한 사람은 상대가 하자는 대로 한다.
어려운 사람은 어디까지나 자기 마음대로 한다.

편한 사람은 상대가 나를 좋아하긴 하는 건지 걱정한다.
어려운 사람은 자신이 상대를 좋아하는지 말고는 중요치 않다.

편한 사람은 일생의 연인이 되기를 꿈꾼다.
어려운 사람은 최고로 나쁜 사람이 되기를 꿈꾼다.

대전제로 해야 될 것은, 편한 사람과는 공식적인 관계로 발전했을 때 상대가 힘들어지기 마련이므로, 따지고 보면 이쪽이 더 '어려운 사람'이 된다는 사실이다.
진정한 반쪽이라 하기엔 약간 어려운 사람이지만 그래도 자신이 생각한 반쪽에게는 없는 매력이 있어서 계속 만나게 되는 사람과의 관계는 어떨까? 자기도 모르게 상대방에게 맞추고 있지만 정작 상대방은 자기가 전적으로 맞추고 있다고 생각할 것이다.

상대방에게 일방적으로 맞춰준다는 감각은 사실 조금도 아름답지 않다.

대등한 관계를 유지하기 위해서는 상대가 원한다고 해서 잠자리에 응하지 말고, 부른다고 바로 달려 나가지 않는 것도 좋은 방법이다.

정말 효과적으로 관계를 개선하고 싶다면 내 뜻에 맞게 관계를 이끌어나가길 바란다. 반드시 주도권을 계속 가지고 있어야 한다. 절대 참지도 말아야 한다. 그야말로 멋대로, 그리고 멋대로 하는 나를 상대방이 사랑하도록 만들어야 한다.

그렇게 했을 때 그가 나를 사랑하지 않는다면, 이 관계에 미래는 없다. 미래가 없는 관계. 그건 그거대로 달콤하고 좋다. 하지만 정말로 달라지고 싶다면, 양보할 수 없는 축을 가지고 상대방과 정면으로 마주해야 한다. 자신의 불편한 점을 상대방이 인정하도록 만들어야 한다.

013

'여자력'이란 말을
없앱시다

숙녀 분들께는 죄송하다. 그런데 여기 엄숙한 인류의 진리가 있다.

포르노 영상 중에 유독 남성들에게 인기가 많은 체위는, 정상위
보다는 후배위나 여성 상위다. 정상위는 놀라울 정도로 인기가
없다.

그 이유는 무엇일까? 대부분의 포유류는 정상위로 섹스하지 않
으며, 할 수도 없기 때문이라고 보는 학설이 있다. 반면 여성의
굴곡진 몸매가 두드러지지 않는다는 점에서 정상위를 꺼린다는
항간의 속설이 있는데, 나의 경우 이편이 더 설득력 있다고 본

다. 음식에 별로 관심이 없는 사람에게 고급 슈퍼마켓이 필요 없는 것처럼 대부분의 남자들이 정상위를 그렇게 본다. 정상위만큼 시큰둥한 말이 바로 '여자력'*이다. 나는 여자력이라는 말을 들으면 제일 먼저 정상위가 연상된다. 여자력 또는 "여자란 이래야 한다" 따위의 말은 장소와 명칭과 매체를 바꿔가며 변화무쌍하게 우리 앞에 두루 퍼져 있다.

통상적으로 쓰이는 '여자력'이라는 말은, 주변 사람들에게 아양을 부리고 미소를 지으며 좋은 인상을 남기고 호의를 베풂과 동시에, 언제나 누구에게서 얼마든지 호의를 이끌어낼 수 있고, 필요한 것은 빼앗고 필요 없는 것은 가차 없이 잘라내는 계산 능력과, 위험 요소를 분산시키는 능력을 의미한다. 그러니까 여자력이라는 말을 운운하는 자체가 얼마나 건방진가.

샐러드가 나오면 제일 먼저 나서서 각자의 그릇에 나눠 담아주는 여자가 멋지다고, 요즘 세상에 천연기념물과 같다고 하는 남자가 멋있는 사람일 리가 없다(만약 샐러드를 충분히 먹을 수 없었

---

* 여자력(女子力)은 일본에서 여성성, 여성스러운 센스를 가리키는 신조어로 구체적인 의미는 다양하게 해석되어 쓰이고 있다. 예를 들면, 패션 감각이나 요리 실력이 뛰어난 남성에게도 '여자력이 높다'라는 표현을 쓴다.

을 만큼 매우 가난한 유년 시절을 보낸 경우를 제외하고).

어쩌면 '자아 성찰' '자기계발'이라는 소름 끼치는 단어 역시 '여자력'과 같은 종류다. 어쨌든 우리는 별수 없는 존재들이다. 인도의 더러운 갠지스 강물에 합장 자세로 몸을 푹 담그고 자아를 성찰하려 할지라도 나는 그것 자체가 바보 같다고 생각한다.

스킨십으로 넘어올 것 같은 남자는 스킨십에 넘어가는 바보 그이상도 이하도 아니다. 외모 조금 꾸민다고 넘어올 것 같은 남자는 애당초 공략할 가치조차 없다. 싸구려 기술로 승부를 보려는 심산 자체가 스스로를 싸구려라고 고백하는 것과 마찬가지다.

소개팅이나 선 자리에서 여자가 남자를 공략하는 테크닉은 급속도로 공식화되고 있다. 한편, 헌팅으로 남자가 여자를 공략하는 테크닉도 '연애 공학'과 같은 이름으로 공식화되고 있다. 같이 잔 여성이 3천 명이 넘는다고 떠드는 남자는, 3천 번 넘게 똑같이 허리를 놀린 것뿐이다. 정말로 현명하게 산다는 건 이런 진부한 경쟁에서 재빠르게 빠져나오는 것 아닐까? 공식에서 벗어나는 것 아닐까? 즉 여자력이란 단어를 완전히 없애버리는 것이다. 자기계발을 포기하는 것이다. 정상위와 같은 지루한 수동 자세를 그만두는 것이다.

샐러드 같은 건 안 떠줘도 괜찮다. 억지로 안 웃어도 괜찮다. 계절의 변화에 둔감해도 괜찮다. 핑크색 옷은 안 입어도 괜찮다. 스마트폰 액정이 깨져도 괜찮다. 거칠고 서툴러도 괜찮다. 살아 있으면 된 거다.
그저 좋을 대로, 좋아하는 일을 하는 자신을 좋아하는 사람만 사랑해도 괜찮다.

듣고 싶은 말을 해주는 것보다 듣기 싫은 말을 하지 않는 것,
해주길 바라는 걸 하는 것보다 하지 말았으면 좋겠는 걸 하지 않는 것이
훨씬 어렵고, 모르고 지나치기 쉽고, 그리고 참 고맙다.

014

정말로 가고 싶은
레스토랑

저녁을 먹든 점심을 먹든, 데이트에서 돈이 필요해질 때에는 남자가 당연히 돈을 내야 한다는 사람이 있다. 보통 남자 입장에서는 "나중에 괜히 싫은 소리 듣기 싫으니까, 그깟 밥값 얼마 정도는 전혀 문제없어"라며 그저 위기를 피하기 위해 돈을 낸다. 하지만 남자가 내는 것이 당연하다는 여자가 있는가 하면, 더치페이를 원하는 여자도 있고, 밥을 사준다니 너무 착하다고 말하는 여자도 있다.

인간적인, 너무도 인간적인 장면이다.

계산이란 참으로 성가신 일이다.

성격과 몸에 있어서 '궁합'이라는 말을 쓰듯 그보다 중요한 것이 바로 미각 궁합이다.

미각은 애주가냐 아니냐의 이야기일 수도 있고, 다 지은 쌀밥에 대한 미묘한 취향 차이의 이야기일 수도 있다. 그러나 때로 미각 궁합이란 한 끼에 얼마까지 지불할 수 있는지에 대한 금전 감각이나 시간, 가성비에 대한 견해 차이를 극명하게 보여주는 것이기도 하다. 그렇기 때문에, 이 모든 것을 고려해 '계산'한다 했을 때는 너무나도 성가신 얘기가 된다.

어느 시대나 가장 현명하게 한턱 쏘는 방법은, 상대방이 화장실에 간 사이에 스리슬쩍 계산을 마치는 것이며, 가장 현명하게 얻어먹는 방법은 밥을 먹고 나온 뒤 "정말 이래도 괜찮아?"라며 지갑을 꺼내다가 "고마워. 그럼 디저트나 다음에 먹을 땐 내가 낼게"라며 지갑을 닫고 다음의 전개에 따르는 것이다.

실수로라도 밥을 먹고 나온 후에 상대방의 눈앞에서 지폐를 밤바람에 팔랑거려서는 안 된다. 자립심이 강해서 괜찮다는 어필은 다른 곳에서 하면 된다. 기분 좋게 고기를 마구 얻어먹는 것도 능력이다.

계산과 같은, 귀찮기는 해도 사실 어려울 것도 없는 분야에서 이렇다 저렇다 다투었다가는 나중에 다른 문제로 번질 가능성이 높다. 둘 사이에 나이나 수입 차이가 얼마나 나든지 말이다. 경솔한 남자는 세 번 밥을 사면 뭐든 해도 된다고 생각한다. 한편, 여자는 그런 푼돈으로 뭐든 해줄 거라는 꿈은 꾸지도 말라고 생각한다. 이와 같은 허영의 전쟁을 피하기 위해서는, 가볍게 밥을 사고 얻어먹기도 해야 한다.

처음 만났을 때는, 이러한 귀여운 허영과 허영이 마구 부딪힌다. 그러나 제일 어려운 문제는, 좋은 레스토랑에 상대를 데려가는 그런 허세를 언젠가는 누구나 버리고 싶어 한다는 점이다.

기가 찰 만큼 애피타이저가 비싼 레스토랑이 아닌 곳에서, 저의를 알 수 없지만 감사해야 할 것 같은 서비스 음식이 나오는 비싼 선술집이 아닌 곳에서, 계란 프라이를 얹은 햄버그스테이크나 담뿍 쌓아올린 감자 샐러드를 포크로 찍어가며 바보처럼 싱거운 얘기를 나누고 싶다. 아니면 우리 집에서 카레라도 같이 만들고 싶다. 튀김은 만든 날 바로 먹으면 최고로 맛있다. 남자는 모두 햄버거 아니면 닭튀김 아니면 카레 아니면 돈가스 아니면 이것들 전부를 좋아한다. 그리고 이런 메뉴들은, 어쩌구저쩌구 풍의 파스타, 어쩌구저쩌구 곁들임 같은 메뉴밖에 없는 레스토랑에서는 결코 찾아볼 수 없다.

이 장단에 맞춰줄지 말지, 혹은 그런 모습을 사랑할 수 있을지 없을지는, 거듭 말하지만 궁합의 문제다. 상대방에게 맞추는 게 선천적으로 불가능하다면, 적어도 결혼에 있어서는 비혼으로 사는 편이 훨씬 행복할 것이다.

015

섹시함과 야함의
한 끗 차이

『설국』을 쓴 소설가 가와바타 야스나리는 "떠나가는 그에게 꽃 이름을 하나 가르쳐주세요"라는 말을 남겼다. 이 말은 "꽃은 해마다 때가 되면 반드시 핍니다"라는 말과 이어진다. 꽃에 얽힌 선현의 글 중에서 나는 이 말을 제일 좋아한다. 탁월한 섹시함이 느껴지는 말이다. 이별한 남자가 그 꽃에 시선을 주는 순간, 그는 그곳에 혼자 서 있는 게 아니라는 것까지 애처롭게 시사하는 말이다. 어딘가 복수의 향기마저 풍기는 글이기도 하다. 실제로 여성의 이름에는 꽃 이름이 쓰이는 경우도 많다.

꽃. 먼 옛날 한순간의 달콤한 대화. 그리고 좋아했던 사람의 이름.
그런 것만큼 우리를 미치게 만드는 것도 없지 않은가.

꽃은 보답을 바라지 않아서 아름답다고들 한다. 하지만 이렇게
관찰당할 특권을 행사하고 있는 이상 순진무구한 존재라기보다
순진무구와 정반대의 개념으로 봐야 하지 않을까 싶어진다.
순진무구의 반대말은 무엇일까? 간녕사지* 정도가 될까? 그러나
신데렐라의 행복을 가로막는 언니도 당사자 입장에서 보면 희망
넘치는 순진무구한 필요악 아닌가?

순진무구의 진정한 반대말은 '섹시함'이나 '야함'이 아닐까, 생각
한다. 그것은 '악'도 아니고 '선'도 아니다. 교태를 부리는 것 같
으면서도 교태가 아니다. 보답을 원하지 않는 것 같으면서도 처
절하게 보답을 바라고 있는, 어느 쪽도 아닌 무언가.

하지만 '섹시함'와 '야함'은 동일선 상에 놓고 볼 수 없다.
섹시한 사람으로 보이기를 바라는 사람은 많다. 하지만 야한 사

---

* 奸佞邪智. 마음이 삐뚤어져 나쁜 마음이 발동한다는 의미의 고사성어.

람으로 보이기를 바라는 사람은 거의 없다. 우선 섹시하다는 게 뭔지를 생각해보면, 그 사람이 뿜는 섹시함의 총량과 쌓아올린 교양의 총량이 완벽하게 비례하지 않을까 싶다.

공부를 하는 목적은 세상을 향해 뻗어가기 위해서라고들 한다. 분명 일리 있는 말이다. 꽃을 하나의 유기체로 보는 생물학. 꽃을 한순간의 인공미로 바꿔버리는 꽃꽂이. 꽃말로 단편소설 하나를 탄생시키는 문학. 혹은 그 꽃에서 백 년의 근심을 끄집어내는 철학, 정형화된 문장으로 그 아름다움을 연결시키는 시. 꽃을 누구에게 어디로 어떻게 팔아야 이익을 최대로 올릴 수 있는지 고민하는 학문은, 경영학 정도가 되려나.

관점은 많을수록 좋다. 즐길 수 있는 방법이 늘어나니까.
하나의 대상을 다각도로 조망한다는 것은, 역으로 어떤 각도에서 봐도 아무런 풍경도 느끼지 못할 때 그 고통이 배가 됨을 의미하기도 한다. 그럼에도 공부는, 분명 세계의 심도를 더욱더 깊이, 밀도를 더욱더 촘촘하게 만드는 것이다.
하지만 공부는 그런 목적만을 가지고 하는 것이 아니라고 생각한다. 자기 쾌락만을 위해 공부해왔다고는 도저히 인정할 수 없다.

예를 들어, 꽃 이름을 누군가에 가르쳐준다고 가정해보자.

남에게 가르쳐주기 위해서는 먼저 꽃 이름과 그 꽃의 생김새를 연상할 수 있어야 한다. 그게 가능하려면 먼저 알아야만 한다. 물론, 꽃에만 해당하는 얘기가 아니다. 화조풍월 삼라만상. 그 만물 중에서 그 사람의 기억에 '나'라는 존재를 영원히, 향기와도 같이 남기고 싶다는 바람을 품을 때, 상대방에게는 무엇이 중요하고, 무엇이 중요하지 않을까? 무엇이 필요하고, 무엇이 안 필요할까? 행복이 무어라고 생각할까? 지옥은 무어라고 생각할까? 그리고 그 행복이나 지옥을 건너가려면 지금의 내가 가진 지식으로 상대방에게 무얼 해줄 수 있을까? 무슨 말을 해줄 수 있을까, 무슨 말을 하지 말아야 할까?

이것을 깨닫기 위해서는 막대한 양의 인풋, 아웃풋, 시행착오를 경험해야 한다. 그것이야말로 공부의 본질일 것이다.

무인도에서도 독방에서도 혼자 만족하며 살기 위해서 교양이 필요하다는 사람도 있다. 하지만 여기는 무인도도 아니고 독방도 아니다.

진정한 공부의 목적은 이거다.

언젠가 만나게 될, 내 손에 닿을 듯 말 듯 한 매력적인 사람을 아주 잠깐의 대화로 영악하게 자기만의 세계로 잡아두는, 바로 그 섹시함을 손에 넣기 위해서다.

정말로 머리가 좋은 사람은 같이 술을 마시며 재미있게 놀 수 있는 사람이 아니다. 같이 칼피스를 마셔도 마음속 깊은 곳에서부터 재미있다고 느낄 수 있는 사람이다. 늘 같은 곳을 같이 산책하는 것만으로도, 거리가 매번 달라 보이게 해주는 사람이다.

그리고 그럴 수 있는 건, 그 사람의 교양 덕분이다. 이 세상을 자기만의 방식으로 해석해준 덕분이다. 다시 말해, 그 사람이 뿜는 섹시함 덕분이다. 섹시하다는 것은 야한 것과는 다르며, 옷을 벗거나 입는 것과도 상관없다. 그냥 거기 존재하는 것만으로 향기를 내는 것이다.
얼굴이 아니다. 외모가 아니다. 나는 '섹시함'의 정의를 이렇게 내리고 싶다.

016

사랑이고 나발이고
이제 끝냅시다

결혼을 결심한 이유가 무언지, 기혼자들을 상대로 인터뷰하는 것을 좋아한다. 이런 질문을 하면 세련되지 못한 사람으로 여겨진다. 실제로도 세련과는 거리가 먼 질문이다. 그러나 그런 위험을 감수하고서라도 질문을 안 할 수 없다. 답변은 정말 각양각색이다.

"자는 얼굴이 맹해 보여서."
"모르겠다. 생각해본 적도 없다."
"좋고 싫고를 초월했다."

"둘이 같이 에펠탑을 보고 있는데 저거 꼭 파놉티콘 같지 않냐고 하니까 정말 그렇다고 대꾸를 하더라. 그 얘기가 통하는 사람은 처음이었다."

참고로 내가 결혼한 이유는, 위스키를 같이 마시는데 술에 취해서 아직 반도 더 남은 바닐라 맛 하겐다즈를 재떨이 대신 쓰는 걸 봤기 때문이다.

우리는 쉽게 이해되는 것을 좋아한다. 쉽게 이해되는 사람은 사랑받는다. 남자도, 여자도.
그들은 희로애락이 얼굴에 나온다. 솔직하다. 어떻게 하면 내가 그의 희로애락에 이바지할 수 있는지를 속속들이 알려준다. 사랑법이 쉽다. 그래서 사랑받기도 쉽다. 하지만 그런 사랑의 깊이는 어쩐지…… 어딘가 굉장히 얄팍하다.

사랑이고 나발이고, 세상 사람들의 입맛에 맞는 정의나 이야기가 멋들어지게 통하지 않는 지점에서, 결혼을 결심하게 되는 것은 아닐까?

앞서 열거한 이유들은 굉장히 이해가 안 되고, 부끄러운 부분을 숨겨놓은 가식처럼 보이지만 본인들에게는 단 하룻밤 치고 사라진 천둥처럼 진실된 것이다. 나한테 잘해줬으니까, 얼굴이 아름다우니까, 그런 것이 아니다. 요리를 잘하니까, 웃는 얼굴이 좋아서, 그런 것이 결코 아니다.

우리는 "좋아한다"나 "사랑한다" 이상으로 상대방을 긍정하는 단어를 아직 찾지 못했다. 하지만 반대로, 우리 선조들은 굳이 그 이상의 단어를 만들어내려 애쓰지 않았을지도 모른다. 왜냐하면 자신에게 유일한 진실은 보편적인 단어로 표현될 수 없기 때문이다. 도저히 이해할 수 없게, 그리고 이해가 잘 안 되는 상태 그대로 두어도 괜찮기 때문이다.

둘

우등생 여러분,
불량 학생 여러분

017

"난 네가 친구인 줄 알았는데, 넌 전혀 그렇게 생각 안 했구나"
라는 말을 여태까지 백 번쯤 들었을 정도로, 나는 주관적으로도
객관적으로도 친구가 없는 사람이다. 근본적으로 이 '친구'라는
약간 닭살 돋는 명사에 함의된, 사람과 사람 간의 적절한 거리
감각을 나는 잘 모르겠다.
적절한 거리를 두지 않으니까 '친구'인 것일지도 모르겠지만.

질투에 눈이 멀어 순간 살의를 느낄 만큼 그림을 잘 그리는 그
녀를 보면 친구라는 생각이 안 든다. 평생의 라이벌이라고 생각

한다. 사랑스러울 만큼 귀여운 그를 보면 친구라는 생각이 안 든다. 일 년에 한 번 만나는, 제멋대로인 연인이라고 생각한다.

그래서 친구가 없다.

친구를 친구로 생각 안 하는 것은 일종의 사치라고 생각한다.

그리고 친구 따위 한 명도 없는 사람을, 나는 좋아한다.

친구가 없다는 고민을 안고 사는 사람 중에서도, 영화나 소설이나 음악에 엄청 빠져서 점점 고독해지고 점점 사람을 그리워하게 되고 그 마음을 어찌할 줄 모르며 짜증을 내다가 폭발할 것 같은 사람이라면, 친구가 되고 싶다.

친구가 있었으면 좋겠다고 말하는 사람의 친구가 되고 싶은 사람은 한 사람도 없다. 애인이 생겼으면 좋겠다고 외치는 사람의 애인이 되고 싶어 하는 사람이 단 한 명도 없는 것과 같은 이치다. 인간관계는 장식품이 아니며, 한 사람이 안고 있는 고독은 장식으로 치부하기에는 너무나 크다.

그렇다면 과연 누가 친구인가. 이 문제는 떨어져 있어보면 깨닫게 되는 경우가 많다. 같은 반 동급생이 동창이 되었을 때, 그가 진짜 친구인지 아닌지 알게 되는 것이다.

학창 시절 같은 반 동급생들은 지하철의 같은 칸에 억지로 올라 탄 승객들과 같다. 어떤 목적지에 다다라 일제히 헤어지기까지 억지로 얼굴을 마주해야 하는 관계. 그렇게 가다 서로 다른 곳에 이르러서도 언젠간 옛 장소로 돌아와 그 사람과 말을 나누고 싶어진다면, 그는 매우 친구에 가까운 존재라 할 수 있다.

중학교 1학년부터 대학교 4학년까지, 나는 나 자신도 환경도 너무나 따분해 화가 나 미칠 지경이었다. 기분 좋게 사는 것이 어른의 의무라면, 청춘의 의무란 옆자리에 앉은 녀석의 썰렁함으로 인해, 마음이 맞는 줄 알았지만 결국 아니었던 밤으로 인해, 또는 멋대로 나를 이해한다고 착각하는 놈에게 느끼는 분노와 비애로 인해 영원히 만족할 줄 모르는 것과 같다고 생각한다. 그렇게 발가벗겨진 외로움을 끌어안은 채 알 수 없는 행동을 끝없이 하다보면, 언젠가 나와 똑같은 글을 쓰고 똑같은 생각을 하는 사람을 만난다. 아니, 만나버린다.

내가 생각하는 친구의 정의란 이렇다.

내가 생각하고, 느낀 것을 알아듣게 설명할 필요도 없이, 결말을 잘 지어낼 필요도 없이, 웃긴 얘기를 할 필요도 없이 그냥 아무런 꾸밈 없이 직설적으로 말해도 될 것 같은 사람. 그리고 상대방 역시 똑같이 직설적으로 나에게 말해주는 사람. 이런 이야기는 전화나 메일로 하는 게 실례라고 생각하는 사람.

그렇기 때문에, 아무리 친한 친구라도 만나기 전에는 긴장이 된다. 여차하면 말로 찌르고 찔리는 관계이고 싶기 때문이다.
그런 친구가 돈 때문에 곤경에 빠지거나, 실연당하거나 앞으로 일 년밖에 못 산다고 하면 어떡하지? 우선은 내가 강해지는 수밖에 없다.

사람을 홀린다는 의미의 '광誑'을 한자로 쓰면, 말씀 언言에 미칠
광狂을 더한 모습이다.

그러니까 '말로 사람을 미치게 만든다'는 뜻이다.

남을 속이고 홀리는 일은, 이 세상에 존재하는 능력 중에서 꽤
높은 레벨임이 분명하다. 그렇게 생각하는 이유를 조심스럽게
말하자면, 대단한 학벌도 기술도 없는 사람이 취직하자마자 마
치 계단을 두세 단 뛰어오르듯 순식간에 상류사회로 돌진하는,
매우 현대적인 하극상을 목격했기 때문이다.

하여튼 인기가 좋은 친구 놈이 있었다.

학창 시절 지하철로 등하교를 하면서, 연간 오십 명의 여자에게 고백을 받는 친구였다. 스무 살이 되었을 무렵에는 발기부전이 되어 늘 비아그라를 가지고 다닐 정도였다. 그는 국영수사과 그 어떤 과목보다도 연애에 관한 지식이 훨씬 풍부했다. 당연히 대학 입시에는 조금도 관심이 없었는데, 취직 준비를 시작하자마자 대기업에 척척 붙었다. 성공의 요인에는 그의 외모도 한몫했다. 하지만 그것만이 다가 아니었다.

"발기부전에 섹스 머신인 너 같은 인간을 뽑는 면접관이 있다니, 세상이 말세로구나"라고 치켜세워주자 걔는 진지한 표정으로 이렇게 말했다.

"면접은 껌이지. 내가 얘기하고 면접관이 들어주는 게 아니라, 면접관이 얘기하고 내가 더 많이 들어주면 백 퍼센트 붙어. 솔직히 면접 말고 다른 상황에서도 다 똑같아. 진짜 면접관들은 골 때린다니까."

그의 말이 맞다.

남의 얘기를 듣고 싶어 하는 사람보다 자기 얘기를 하고 싶어 하는 사람이 언제나 훨씬 많다. 설령 그 자리가 면접장이라도 예외가 아니다.

그러고 보니 그 사기꾼 같은 친구 놈은 확실히 자기 얘기를 절대 안 한다. 상대방에게 질문을 퍼붓는다.
평소에는 주로 듣는 입장인 나 역시, 그 친구와 있으면 이야기를 하게 된다. 그는 부정하지 않고 긍정해준다. 얘기가 옆길로 새더라도 적절하게 본래의 줄기나 핵심으로 궤도를 수정해준다. 더 얘기하고 싶어도 한창 분위기가 무르익었을 때 "그럼 나중에 또 보자"며 어디론가 가버린다. 그래서 바쁜가보다 하고 있으면, 오늘 시간 있냐며 갑자기 연락을 해온다. 너한테만 하고 싶은 얘기가 있다며 혹하게 만든다. "너한테만"이라는 간지러운 속삭임을, 아마도 이 사기꾼 놈은 아무에게나 다 하고 다닐 것이다. 그런데 신기하게도 화가 나지 않는다.
언제나 어딘가 한구석이 고독할 것 같기 때문이다.
그래놓고 막상 만나면 나의 근황만 주구장창 물어본다.

반면, 처음 만나는 자리에서 처음부터 끝까지 자기 얘기를 하며 본인이 얼마나 재미있는 사람인지 증명하는 것을 우선순위에 놓는 사람이 있다. 처음부터 자기 자랑만 늘어놓는 건 자신감이 부족하기 때문일 거다. 반대로 넋두리가 너무 긴 사람은 어리광을 부리고 싶기 때문일 거다.

그러나 자기편을 잘 만드는 사람은 불만도 자기 자랑도 하지 않는다. 웃긴 얘기를 할 때도 어딘가 모르게 자신을 낮추는 이야기를 하거나, 괜히 자학적인 말을 해서 상대방을 불쾌하게 만들지도 않는다. 이렇게 봐도 저렇게 봐도 품위 있다.

다시 한 번 만나고 싶은 사람이란 얘기를 잘 들어주는 사람이라고 확신한다. 들어줌으로써, 이야기를 하게 만듦으로써, 상대방을 자기편으로 만드는 것이다.

그런데 그 사람의 이야기는 언제 누가 들어줄까?

전화하고 싶어 하는 사람보다 전화를 받고 싶은 사람의 수가 압도적으로 많다. 보고 싶다고 말하는 사람보다 그 말을 듣고 싶은 사람의 수가 압도적으로 많다. 불러주기를 바라는 다수에 비해, 불러내는 소수는 절대적으로 이길 수밖에 없다. 할 일 없는 것도 심심한 것도 전부 내 탓이라고 생각하면 문제는 빨리 해결된다.

019

싫어하는 사람과는 인연을 끊어야 한다. 완전히 끊는 것이다. 확 끊어버려라. 가차 없이 끊어내야만 한다.

그런 식으로 난폭하게 인간관계를 정리하는 것은 어른의 세계에서는 불가능하다고 말하는 사람도 있다. 하지만 좋고 싫고로 주변 환경을 통제할 수 있어야 어른이다. 어른들은 싫어하는 것을 싫어한다고 말은 못 하더라도, 요령 있게 피해 다닐 수는 있다.

아무리 성실한 사람도 살다보면 느닷없이 엄청난 악의를 맞닥뜨릴 때가 있다.

이 세상은 귀신 소굴이자 온갖 도깨비들이 설치는 지옥도와도 같다고 하면 과장이겠지만, 이런 세상을 잘 헤쳐 나갈 마음이 없는 사람과 잘해보려고 노력하다가는 닳아 없어지기 십상이다.

화를 낼 때는 발작하듯 과하게 굴다가도 상냥할 때는 또 엄청 상냥해서 번번이 용서하게 되는 사람이 몇몇 있다. 그러나 이런 사람들과도 가급적 빠르게 연을 끊는 게 좋다. 그런 유치한 폭력에 일일이 대응해주고 있을 여유 따위 있을 리가 없고, 있다 쳐도 여유는 그런 사람에게 쓰라고 있는 것이 아니기 때문이다.
스무 살이 넘으면 사람의 성격은 바뀌지 않는다. 이십 년의 세월 동안 막대한 경험이 입력되어 형성된 것이 바로 성격이니까.

학교 공부를 열심히 하면 좋은 이유는 '지금 눈앞에 있는 상대방의 말과 행동이 어딘가 논리적, 도덕적, 물리적, 경험적으로 이상하다'는 것을 파악하는 지혜와 지식을 그 자리에서 바로 깨달을 수 있기 때문이다. 저 사람 말하는 게 뭔가 좀 이상하다 싶은 것은 바람의 변덕이나 착각 때문이 아니라, 정말로 저놈이 이상하기 때문이다. 그리고 그런 생각을 하면서도 관계를 지속하는 것은 시간과 돈과 체력과 인생을 낭비하는 것과 같다. 아무렇지 않게 폭력을 휘두르는 사람은 시간이 흘러도 달라지지 않고, 그와의 관계를 유지해나갈수록 내 마음만 곪아 터져 결국엔 스스로를 미워하게 된다.

그렇다면, 그때야말로 연을 끊어야 할 때다.

적이 한 명 생겼다면 내 편을 다섯 명 만들면 된다. 세상에 사람은 차고 넘치게 많다. 그러니까 싫어하는 사람과는 인연을 끊어야 한다. 지금 당장 자리를 박차고 떠나야 한다.

020

담배와 술과 하겐다즈가

세계를 구한다

담배, 술, 하겐다즈.

이 기호품 중 어느 하나가 있으면 적어도 연인 간의 싸움부터 최고 세계대전까지, 어쩌면 인류는 온갖 갈등으로부터 영원히 해방될 수 있을지도 모른다고 나 혼자 멋대로 믿고 있다.

우타다 히카루*의 노래 〈First Love〉에서 처음으로 '담배 향기'라는 말이 있다는 사실을 알게 되었는데, 때는 내가 초등학생이었

---

* 일본의 여성 가수 겸 작곡가(1983~). 1998년 만15세의 어린 나이로 데뷔해 첫 앨범 〈First Love〉가 700만 장이 넘는 판매를 기록하며 일본뿐 아니라 아시아의 수퍼스타로 주목을 받았다.

을 무렵이다. 그 가사에 따르면 담배 향기는 쓰고 애절하다고 한다. 그러나 내가 처음 담배를 피웠을 때 담배 냄새는 어질어질하기만 했다. 그로부터 십여 년이 지나고, 울고 싶은데 눈물이 안날 때마다, 무서울 만큼 지칠 때마다, 달콤한 대화를 나눌 때마다, 그 기억은 오후 세 시의 밀푀유처럼 달콤하게 켜켜이 겹쳐졌다. 이 정도면 중증이지 싶다.

담배를 싫어하는 사람도 좋아한다. 그 사람이 담배를 싫어하는 이유도 좋아한다. 담배를 좋아하는 사람도 물론 좋다. 요즘 세상에 담배를 계속 피우다니, 엄청난 로맨티스트다. 담배를 끊은 사람의 금연 이유도 좋아한다. 담배를 끊었다가 다시 피우기 시작한 사람의 다시 피우게 된 이유도 좋다.

결국, 담배에 얽힌 대부분의 이유는, 황당하리만치 한심하다. 그리고, 불합리하고 말로 설명하기 힘든 구석이 있다. 대개 거기에는 현재진행형이나 과거완료형의 실연이 얽혀 있기도 하다. 동경이나 체념도 얽혀 있다. 담배를 피우는 행위 자체는 세상을 상대로 오 분 동안 묵비권을 행사하는 것이니까.

그러고 보니 신주쿠와 시부야 역 근처의 흡연실이 사라졌다. 시대가 바뀌었다. 그 사랑스러우면서 동시에 혐오스러운 자들은 모두 어디로 갔을까?

담배와는 또 다르게 술에 관련된 이야기를 해보자면 역시나 밤하늘의 별만큼 많을 것이다.
술에 취했을 때 나오는 행동은 평소 억압되었던 욕구에서 나오는 것이라는 설은 매우 잘 알려져 있다.

술에 취하면 자는 사람은 평소 너무 안 자는 사람이다. 술에 취하면 화를 내는 사람은 평소 너무 착한 사람이다. 술에 취하면 달변가가 되는 사람은 평소 말이 너무 없는 사람이다. 술에 취하면 뽀뽀 귀신이 되거나 자꾸 깨무는 사람은 평소 남에게 너무 안 기대는 사람이다. 술에 취하면 설교를 늘어놓는 사람은 귀엽기는 한데 술을 더 먹었으면 좋겠다. 술에 취하면 흥분하는 사람은 원래부터 흥분을 잘한다. 술에 취하면 세상 모든 게 허무해지는 사람은 평소 너무 열심히 일하는 사람이다. 술에 취하면 야해지는 사람은 평소에도 꼭 그러시기를.

친구 중에 도쿄대 출신이 있는데, 그는 평소에 남을 깔보는 것밖에 모르는 전형적으로 오만 방자한 놈이다. 그러나 정작 술에 취하면 자기 친구들의 어떤어떤 점이 훌륭한지 울면서 끝없이 늘어놓는다. 뒤로 호박씨 까는 평소와 정반대의 모습이다. 이토록 사랑스러운 바보는 평생 친구로 삼고 싶은 법이다.

싫어하는 사람과 술을 마시면 하나도 안 취하고, 취할 수도 없다. 밥도 마찬가지다. 무얼 먹어도 맛있지가 않다. 좋아하는 사람과 함께라면 아무리 맛없는 음식이어도 웃으며 식사를 즐길 수있다. 좋아하는 사람과 술을 마시면 취하고 만다. 절대로 안 취할거라고 다짐했는데도 불구하고.
몸이 제멋대로 판단하는 것이다. 그 사람 앞에서 내가 어떤 사람이고 싶은지, 그 사람과 앞으로 어떻게 되고 싶은지를 말이다.

끝으로.
나는 농담이 아니라 진심으로, 하겐다즈가 있으면 세계 대전을막을 수 있을 것 같다. 백 번 양보해서 세계 대전까지는 못 막더라도, 대부분의 인간관계에서 발생하는 문제는 하겐다즈로 해결할 수 있다고 믿는다. 뭔가 실수로 싸우게 되었을 때 그 상대에게 나중에 하겐다즈 스트로베리를 편지처럼 건네주는 게 나만의 규칙이다. 먹으면 먹을수록 머리가 나빠질 것 같은 귀여운 딸기 맛 아이스크림을 한 손에 들고 다른 한 손에는 작은 스푼을 들면, 일개 인간의 기분은 나빠지기가 거의 불가능해진다.

애당초 우리에겐 기분 좋게 사는 것 말고 별 대단한 의무 같은 것도 없다.

||| 좋아하는 것을 좋아한다고 단순하게 말하는 사람이 좋다.

오늘 밤 좋아하는 사람과 사랑을 나눌 예정인 사람, 예금 통장에 7억 엔이 있는 사람, 사이제리아*에서 계란 프라이를 얹은 햄버 그스테이크와 밥을 배불리 먹고 막 나온 사람은 누군가의 험담 을 할 리가 없다. 험담을 하는 사람은 사랑을 나눌 예정이 없거 나 돈이 없거나 배가 고픈 것이다(라고 생각하기로 했다).

분명, 누군가를 욕하면 기분이 좋아진다.

* 이탈리안 요리를 주메뉴로 한 저렴한 레스토랑 체인점.

일본의 전위 예술가 데라야마 슈지는 불평하는 인간은 아름다울 리 없다고 했지만, 그래도 온 힘을 다해 싫어하는 감정을 숨기려 하지 않는 사람은 솔직하고 귀엽단 생각이 든다.

그럼에도 남들 앞에서 험담을 하지 않는 것이 좋은 이유는, 그것이 주위의 인간관계를 오염시키는 일뿐이라서가 아니다. 험담한다는 건 결국 자신의 약점을 주변 사람들에게 대놓고 절규하듯 드러내는 것이나 마찬가지이기 때문이다. 설령 그 험담을 아주 작은 목소리로 하더라도 말이다. 이는 마치 초면인 상대에게 자기소개를 하면서 자기 성감대가 어딘지까지 친절하게 알려주는 것과도 같다. 그러면 안 된다, 절대로.

부정하며 굴복시키려는 자세로 어떻게든 상대방을 손에 넣으려는 사람이 있다. 그건 저주다. 하지만 정말로 당신을 생각해서 무슨 말이든 해주는 사람은, 그런 일시적인 수단을 쓰지 않는다. 직격탄으로, 일대일로 침이 마르도록 몇 번이고 이야기해줄 것이다. 계속해서 똑같은 얘기로 잘 타이르는 사람은 성가시더라도 감사하게 생각하는 게 좋다. 멀쩡한 방법으로 멀쩡하게 중요한 얘기를 해주는 사람은 소중한 사람이다. 그리고 믿을 만하다.

022

① 곧바로 아무에게나 말을 걸고, 곧바로 마음을 터놓는다.

② 가치관이 맞는 사람만 소중하게 여긴다.

③ 학력, 나이, 직업, 수입만으로 상대방을 본다.

④ 입 다물고 있어도 알아줄 거라 생각한다.

⑤ 친구가 많은 것을 하나의 가치라고 본다.

⑥ 바쁜 것이 멋있는 거라고 생각한다.

⑦ 최악의 상황에서 농담을 주고받는 것을 잊어버린다.

⑧ 풀이 죽어 있는 사람에게 힘내라고 말한다.

⑨ 오랜 관계는 배려하지 않아도 괜찮다고 생각한다.

⑩ 운명이 정해져 있다고 믿는다.

⑪ 모든 걸 너무 말로만 하려고 한다. 혹은 말로 절대 안 한다.

⑫ 미움받을 용기를 갖는다.

⑬ 실연의 상처를 잊으려 다른 연애를 시작한다.

⑭ 불화를 해결하고자 싸움을 한다.

⑮ 험담을 당사자가 아닌 주변 사람들에게 한다.

⑯ 언젠가 보상받을 거라고 생각하고 사람들에게 친절을 베푼다.

⑰ 첫인상을 그대로 받아들인다. 말을 곧이곧대로 받아들인다.

⑱ 어리광 부리는 법을 잘 모른다.

⑲ 대안을 준비하지 않고 반대한다.

⑳ 술에 취한 김에 남의 아픈 곳을 찌른다.

023

싸울 정도로
사이가 나쁘다

"싸울 정도로 사이가 좋다"라는 관용구는, 선조들이 지어낸 최고의 거짓말이라고 생각한다.

사실 싸울 정도의 사이는 나쁜 거다. 싸울 수 있는 사람이 솔직히 조금 부럽다. 색종이로 치면 은색이나 금색을 서슴없이 쓸 수 있는 타입일 것이다. 나중에 화해할 수 없을 것 같아 아예 나는 싸움 자체가 하고 싶지 않다. 밥을 먹고 있든 데이트를 하고 있든 전철 안에서든 개찰구를 막 빠져나왔든, 양쪽이 한 치의 양보도 없이 싸우는 경우가 있다. 금요일 밤 열한 시 신주쿠 역 동쪽

출구에서 서로 싸우고 있는 커플을 하루에 다섯 쌍이나 본 적도 있다. 연애 전선에 이상이 없는 것이다. 섹스가 존재하는 거리에서 싸움이 일어나는 법이니까. 그건 그렇고 어쨌든.

이별의 징후는 말할 것도 없이 '귀찮아서'다. 그리고 싸움이라는 것도 어느 한쪽이 귀찮음을 느껴서 시작된다. 싸움은 뒤틀린 응석이 만들어낸 형식이다. 예를 들어 부모는 아이에게 책을 읽으라고 강요한다. 이것도 부모가 자식에게 거는 일종의 싸움이다. 남의 의견을 한없이 정독해야만 하는 독서의 본질은 조심스럽게 말하자면 자기 자신을 죽이는 것과 다를 바 없다. 하지만 정작 부모의 책장에 무라카미 하루키의 『노르웨이의 숲』 정도밖에 없는 집이 흔하다. 그런 가정에는 재밌게 책을 읽도록 해줄 본보기가 없다. 애들은 재밌을 것 같으면 자기들이 먼저 흉내를 낸다. 부모가 귀찮으니까 아이에게 응석을 부리는 것이다.

'젊은이들이 무슨무슨 이유로 떠나간다'라는 말 역시, 그 이유를 구태의연한 것으로 만드는 어른들의 변명 또는 응석에 지나지 않는다. 어른들이 그 이유를 어떻게든 해보려는 게 귀찮아서 방치해버리니까 젊은이들이 떠나갈 수밖에 없게 된 것이다.

창끝이 향해야 할 곳은 언제나 자신이다. 정말로 뭐든 해야 한다고 느끼는 이상, 창끝이 향할 곳은 귀찮은 상대가 아니다. 창끝을 겨눠야 할 곳은 상대를 귀찮다고 느끼는, 뭐든지 귀찮아하는 자기 자신이다.

동거를 하다보면 반드시 집안일 분담이나 방식 면에서 분쟁이 일어난다. 눈에 보이지 않는 지뢰가 원룸 또는 방 두 개짜리 좁은 공간에 무수히 숨어 있다. 작지만 심각한 전쟁이 바로 동거다. 가장 이상적인 것은 능숙하게 응석을 부리고 받아주며 사는 거다. 싸우면 어마어마하게 어색한 기운이 집 안을 엄습한다.

서로가 귀찮아지지 않도록 철저하게 대비하고, 용인하고, 혹은 배제하여 싸움을 피해야 한다. 다시 말해, 집안일과 요리는 잘하는 사람이 알아서 하기로 하고, 둘 중 한 명이 미처 못 한 것은 둘 중 한 명이 깔끔하게 처리하는 것이다. '잘하지도 못하는 일을 하면서 기분 상하는 것은 촌스럽잖아'라는 사고방식으로 일관하면서 기분 좋게 살아간다. 단지 그거면 된다.

인간관계는 귀찮다. 남의 SNS를 보고 있는 것만으로 짜증이 날 때가 있다. 하지만 그럴 때는 대개 그냥 배가 고픈 거다. 우유가 부족하다. 초콜릿이 부족하다. 잠이 부족하다. 아니면 예금 잔고가 부족하다. 자위행위가 부족하다. 섹스가 부족하다.

우선은 스스로와 이야기해야 한다. 그래도 잘못되었을 때는 세상이 잘못된 것이다. 상대방이 잘못했을 리는 결코 없다.

별 볼 일 없는 회사원이 간다 우노*에게 "온 세상이 나의 적이 된
다 해도 널 사랑하겠어"라는 대사를 날리는 캔 커피 광고가 있다.
십수 년 전의 광고다. 이 말이 끝나면 갑자기 그의 집 주변으로
FBI 혹은 CIA의 검은 옷을 입은 사람들이 나타나고, 국가 회의
장에서 이 회사원에 대한 공격을 결정, 곧 미군 전투기가 그의
집 상공을 날아다니기 시작한다. 미사일의 표적이 된 회사원은
마지막에 캔 커피를 마신다. 코미디 같은 삼십 초짜리 광고였다.

* 일본의 모델 겸 배우, 패션 디자이너(1975~).

이런 말도 안 되는 광고에도 진리가 숨어 있다. 실로 연애란 사회와 세상을 일정 부분 적으로 돌리는 일이기 때문이다. 내 편을 늘리는 행위는 결코 아니다. 게다가 상대가 잘나가는 배우라면 더 그렇다.

미움받을 용기 따위 필요 없다.
굳이 온 세상을 적으로 만들 필요도 없다. 누군가 나의 적이 될 때는 그가 자기 마음대로 내 적이 된 것이기 때문이다.

미움받을 용기, 그런 위험천만한 마음을 갖고 살기에 인생은 너무도 짧다. 그런 무시무시한 마음을 지니고 다니기에는 인간의 수가 너무도 많다.

그렇다고 모든 사람에게 사랑받아야 한다고 생각하는 것은 아니다. 실제로도 불가능한 이야기다. 편의점에서 파는 닭튀김조차 싫어하는 사람은 싫어한다. 쇼트케이크를 못 먹는 사람도 있다. 톰 크루즈조차 만인에게 사랑받지 못한다. 니콜 키드먼에게는 사랑받지 못했으니까. 모두에게 사랑받으려는 사람은, 아마도 자기를 톰 크루즈와 동급이라고 생각하는 것 같다.

나는 비 오는 날을 좋아한다. 비 오는 날이야말로 좋은 날씨라고 생각한다.

그래서 비를 좋아한다고 계속해서 말하고 다닌다. 이 말은 곧 간접적으로는 맑은 날을 싫어한다는 뜻이 된다. 고양이도 좋아한다. 고양이를 좋아한다고 계속 말하고 다닌다. 개는 좋지도 싫지도 않다. 솔직히 말하면, 개를 좋아하는 사람은 나와 잘 맞지 않는다.

좋아하는 것을 좋아한다고 계속해서 말하지 않으면 좋아하는 사람은 내게 오지 않는다. 그리고 싫어하는 것을 싫어한다고 말하지 않으면 싫어하는 사람은 내게서 떠나지 않는다. 언제 어디에서나 그렇다.

필요한 것은 미움받을 용기보다 좋아하는 것을 좋아한다고 담백하게 말할 수 있는 용기이다. 싫어하는 것이나 싫어하는 사람한테서 일단 떨어지고, 그래도 적당한 거리가 생기지 않으면 밀쳐버릴 용기. 그 자리에서 완벽하게 떠나버릴 용기. 다시 말해, 싫어할 용기가 아주 조금만 있으면 된다.

미움받을 용기보다 미워할 용기. 나의 감정에만 집중해야 한다.

한 사람에게 진정한 친구는 다섯 명을 넘기 어렵다는 말이 있다. 나 역시도 이 사람한테는 미움받기 싫다 싶은 사람이 한두 명 있다. 그리고 나를 사랑해주었으면 좋겠는 사람도 있다. 그 외의 사람에게는 미움받더라도 아프지 않다. 개를 좋아하는 사람은 싫지만, 그래도 마음속 깊은 곳에서 진심으로 싫어하게 된 적은 거의 없다. 부정적인 감정으로 마음을 쓰는 데 시간을 보내는 것은 여러모로 아까운 일이다.

025

영원히 말로 표현될 일 없는 것만으로
이루어진 행성

만약에, 영원히 말로 표현될 일 없는 것들만 모아서 만든 행성이 있다면 그 세계는 얼마나 아름다울까 상상해본다.

구글 덕분에 한 번도 가본 적 없는 곳에 가본 기분이 든다. 페이스북이나 트위터로 한 번도 만난 적 없는 사람과 만나본 기분이 든다. 인터넷 서점 후기만 봐도 한 번도 읽은 적 없는 책을 읽은 기분이 든다. 영화 비평 사이트나 맛집 블로그 덕에 무언가 근사한 걸 보고 먹은 기분이 든다.

언제가 한번 해보고 싶었던 황당한 일들은 이미 유튜버들이 전부 해버렸을지도 모른다. 나보다 사진 잘 찍는 사람, 글 잘 쓰는 사람도 얼마든지 있다. 그렇다면 굳이 내가 어딘가를 갈 필요도, 무언가를 볼 필요도, 누군가를 만날 필요도, 뭔가를 쓸 필요도, 결국에는 살아갈 필요도 없는 거 아닌가 싶었던 적이 있다.

어설프게 약아빠져서 옹졸한 사람은 언제까지고 그 어디에도 갈 수 없다. 어떻게 하면 제대로 살아갈 수 있을까?
나는 이렇게 하기로 했다.

영원히 말로 표현될 일 없는 것만 찾아서 그것을 나 혼자서만 사랑하기로.

예를 들어 그것은, 아무리 무료해 보이는 사람에게도 실은 날아가서 만나고 싶을 정도로 사랑하는 사람이 있고, 두 번 다시 만날 수 없는 사람이 있고, 죽고 싶었던 밤이 있다는 것을 의미한다. 무언가를 일부러 말하지 않는다는 것을 의미한다.
아니면 적혀 있는 것보다 적히지 못한 게 더 많음을 의미한다.
찍힌 것보다 찍히지 않은 것이 언제나 더 많음을 의미한다.

친구들과 찍은 사진을 SNS에 계속해서 올리는 사람에게 정말로 부족한 것은 친구일 것이다. 돈 얘기만 하는 사람에게 부족한 것이 예금이듯. 연인 얘기만 하는 사람에게 부족한 것은 사랑받고 있다는 확신이지 않을까? 행복한 사람은 자기가 행복하다고 여기저기 말하고 다닐 필요가 없다. 언뜻 보기에 유들유들한 것 같은 사람은 알고 보면 차가운 사람인 경우도 있다.

냉혹한 사람은 한때 너무 친절했던 적이 있을지도 모른다. 거짓은 거짓말을 한 사람이 어떻게 해서라도 지키고 싶은 것을 가슴 시릴 만큼 폭로해버린다. 쉽게 화를 내는 사람은 사실 겁이 많다. 언젠가부터 연락이 완전히 끊긴 친구는 실은 혼자서 큰일을 겪고 있는 경우가 많다. 친구에게조차 꺼낼 수 없는 이야기가 자기 자신에게 유일한 진실인 경우도 많다.

그런 것을, 언뜻 보면 뭣도 아닌 어쩔 수 없는 것을, 혼자 외롭게 사랑하고 싶다. 누군가에게 과시할 필요 없이.

026

정말로 사랑하는 사람 앞에서는 입이 찢어져도 "사랑해" 소리가 안 나오는 법이다. 또 그닥 괜찮지 않을 때 사람은 "나 진짜로 괜찮아"라고 얼버무린다. 이를 염두에 둔다면, 기업들이 입을 모아, 커뮤니케이션 능력을 갖춘 인재를 원한다고 말하는 것은 그 기업이 커뮤니케이션 능력을 전혀 갖추지 못했기 때문이다. 아니면 커뮤니케이션 능력이 무엇인지, 그 엄밀한 정의에 대해 고민하기를 완전히 포기했기 때문이다. 그러니까 단순히 '막연하게 막연한 것을 원하는' 꼴이나 마찬가지다.

만약 면접을 보러 와서 "저는 커뮤니케이션 능력이 뛰어납니다"라고 말하는 사람이 있다면, 속으로 그 발언을 의심해야 한다. 자기소개를 하는데 "저는 인간입니다"라고 한다면 "정말로 인간 맞습니까?"라고 되묻고 싶어지는 법이다.

취업을 준비할 때 가장 중요시되는 능력이 커뮤니케이션 능력이라고 꼽히는 것은 십 년 전이나 지금이나 변함이 없다. 슬퍼질 만큼 우스꽝스러운 이야기다.

외국어를 조금 갖다 쓴다고 해서 상황이 좋아진 적은 단 한 번도 없었다.

예를 들어, 커뮤니케이션 능력이 매우 뛰어난 백 명이 모인 집단이 있다고 치자. 말하기 능력, 듣기 능력, 비언어 커뮤니케이션 능력도 모두 훌륭하다. 여태껏 호감을 얻고자 했던 상대에게 호감을 못 얻어낸 적이 한 번도 없었고, 남에게 의심을 산 적도 없으며, 시험 전날 노트를 빌리고 싶은데 숫기가 없어서 말을 못 꺼낸 경험도 없는 사람들. 다시 말해 인생을 살면서 인간관계에서 단 한 번의 좌절도 고뇌도 갈등도 없었던, 천성적으로 사기캐릭터인 사람이 백 명 모여 있다고 치자.

기본적으로, 가치를 생산해내지 못하는 사회는 반드시 망한다. 이 집단이 그냥 학생 집단이라면 그래도 좀 낫다. 백 명이 다 같이 모여 술집 하나 빌려서 밤새 회식이라도 하면 된다. 그러나 이 집단이 사회라고 치자. 이 사회가 제공할 수 있는 가치란 '사람들을 조금 기분 좋게 해줄 수 있는 것'뿐이다. 그리고 솔직히 말해 그런 가치는 고양이 카페, 쓰타야 서점, 유흥업소에 뒤질 만큼 가격 경쟁력이 없다. 그리고 가격 경쟁력이 없는 가치는 머지않아 폭락하게 되어 있다.

세상을 살아가는 데 있어서 우리가 갖추어야 할 커뮤니케이션 능력이란 무엇일까?
사람들이 하고 싶은 말을 모두 할 수 있다면 이 세상에는 소설이나 편지, 언어마저 필요하지 않을 것이다. 커뮤니케이션이란 그렇게 가벼운 것일까?

개인적으로 겪은 일화를 말하겠다.
가방을 사러 신주쿠에 있는 편집 매장에 간 적이 있다. 좋은 가방을 찾고 있었다. 그런데 눈에 띈 검은색 가방의 가격표를 보니 오만 엔이라고 적혀 있었다. 선뜻 살 만한 가격이 아니어서 멀뚱히 가방 앞에 서 있자 근처에 있던 오다기리 죠를 꼭 닮은 키 크고 마른 남자 점원이 와서 "이 제품은 이탈리아 장인이 공방에서 꼬박 일 년을 들여 제작한 가죽 제품입니다, 세상에 하나밖에 없는 거죠"라고 자신감 넘치는 아름다운 바리톤 음성으로 말했다.

나는 바로 그 말을 끊었다. 내가 알게 뭔가. 나는 그 점원에게 "그런데 굉장히 잘생기셨네요"라고 말했다. 그러자 오다기리 죠는 "네?"라는 한마디를 내뱉고 얼어붙었다. 내가 게이인 줄 알았을지도 모른다. 어쩔 줄 몰라 하는 그를 보고 나도 어쩔 줄을 몰라 허둥지둥 매장을 나왔다.

그는 그 가방에 얽힌 '먼 나라 장인의 이야기'로 환심을 사려 했다. 그러나 나는 당시 눈앞에 있는 그의 '인간성'에 따라 가방을 살지 말지를 정하려고 했다.

상품에 담긴 '먼 나라 이야기의 매력'이라는 공을 던진 점원. 그에게는 내가 가방을 살 것이라는 기대와 다가와 먼저 말을 건 그 행동이 커뮤니케이션의 목적이다. 남자가 들고 다니는 가방은 다 거기서 거기다. 이야기를 덧붙이는 것은 틀림없이 효과를 볼 만한 방법이었다.

하지만 나에게 가방 같은 것은 직접 매장까지 가서 살 필요조차 없는 물건이다. 그럼에도 내가 매장에 들어간 것은 우연히 만난 점원의 매력과 그 점원의 이야기를 사고 싶었기 때문이다. 그렇기 때문에 먼 나라의 이야기는 필요 없었다. 그런 내가 희박한 기대를 품고 굳이 내뱉었던 황당한 말 또한 커뮤니케이션인 것이다.

그리하여 우리의 커뮤니케이션이라는 다리는, 의미를 알 수 없는 내 말 한마디로 인해 완벽히 무너져내렸다. 이 하찮은, 뭐라 더 할 말이 없는 지극히 개인적인 경험으로부터, 우리는 커뮤니케이션의 본질이 무엇인지 다가설 수 있다.

대화란, 어느 한쪽이 첫 번째 화살을 쏘고, 다른 한쪽이 두 번째 화살로 되받아치는 과정의 반복이다. 보통 첫 번째 화살과 두 번째 화살은 어느 것 하나 과녁에 꽂히지 못한다. 그 커뮤니케이션의 결정적인 실패 속에서, 세 번째 화살을 얼마나 정확하고 빠르게 쏠 수 있는가. 한 번 무너져내린 양쪽의 기대를, 얼마나 재빠르게 고치고, 대화를 계속해나가 처음의 목적에 도달할 수 있는가. 그것이 커뮤니케이션 능력의 정체라고 결론을 내렸다.

간결하게 정리해보면, 서툰 기대는 일절 하지 말고 대화로 싸우라는 것인지도 모르겠다.

말하지 않아도 알아줄 것이라는 아련한 기대를 냉정히 버리고, 분명하게 "나는 이걸 원한다, 그러니까 이렇게 해줬으면 좋겠다"고 말해야 한다. 화살을 예로 들면, 나는 그 점원에게 "다른 얘기 하지 않을래요?"라고 조금 더 다른 각도로 활을 쐈어야 했다. 그 점원은 "저 잘생긴 거 저도 잘 알죠"라고 건들거리며 대꾸해주었으면 좋았을 것이다.

커뮤니케이션 능력이 가장 많이 요구되는 곳은 사람을 처음 만나는 자리일 텐데, 입체적이면서 복합적으로 환경을 좋게도 나쁘게도 만들 수 있는 장소는, 직장이나 학교 같은 공적 장소가 아니라 동성끼리든 이성끼리든 동거를 막 시작한 사적인 공간이라고 생각한다.

"이렇게 하니까 안 되는 거야"라는 말이 아니라, "이렇게 하면 더 좋아질 것 같은데"라는 긍정적인 말로 바꾸는 능력은 그런 사적이고 친밀한 장소에서 더욱 필요하다.

말하지 않으면 알 수 없다. 아무것도 전해지지 않는다. 운 좋게 전해진다고 해도 그 한 번으로 전부를 알 수는 없다. 전해지지 않더라도 전해질 때까지 계속 말해주어야 한다. 몇 번이고 표현을 바꿔 말해주는 것이다. 만신창이가 될 때까지 계속해서 말해야 한다. 그렇게 체념하는 것부터 시작하는 게 바로, 기대하지 않는 커뮤니케이션의 시작이다.

고상한 사람일수록 깜짝 놀랄 만큼 저질스러운 농담으로
남을 웃기려고 한다.
다정한 사람일수록 강한 단어를 골라 냉정한 말을 하려고 한다.
어느 누구에게도 거침없이 상냥한 사람은
실제로는 상냥하지 않는 경우가 많다.
상대방의 첫인상은 그 사람의 본질과 정반대인 것으로 미리 준비된 것이다.
한 번 부정적인 인상을 받았더라도 일단 세 번까지는 지켜본 다음에
상대방을 판단해야 한다. 그러지 않으면 오해할 소지가 다분하다.

027

사회인 일 년차가 기억해두면 좋을

열 가지

올봄에 사회인이 된 후배가 내게 사회인이 되고 나서 꼭 알아둬야 할 것들이 있으면 알려달라고 부탁했다. 예전에 나쓰메 소세키가 '야마토 정신'*에 대해 말하길 "이를 입에 담지 않는 자가 없지만, 눈으로 본 사람은 없다. 이를 들어보지 않은 자가 없지만, 만난 사람은 없다. 야마토 정신이란 도깨비 같은 것인가?"라고 했다. 여기서 '야마토 정신'은 '야마토 나데시코'**로 바꿔 말할 수도 있고, '사회인'으로 바꿔 말할 수도 있다.

* 일본의 민족 정신을 지칭하는 말.
** 청초하고 다소곳한 아름다움을 지닌 일본의 여성상을 칭송하는 말.

즉, 그런 건 존재하지 않는다는 말이다.

어느 누구도 사회를 위해 살지 않는다. 회사 따위를 위해 사는 사람은 없다. 그 후배가 내게 물었을 당시에는 곧바로 적당한 답변을 해주지 못했다. 만약에 그가 똑같은 질문을 해온다면, 나는 스스로를 깨우치는 마음으로 다음 열 가지 메모를 보여주고 싶다.

보고, 연락, 상담은 상사에게 책임을 전가해도 용서받는다는 것이 신입의 최고 특권이다.

– 그렇더라도 보고, 연락, 상담은 알아서 처리하도록 하자. 학교를 다닐 때와는 달리 당신의 눈앞에 있는 사람은 결코 당신을 가르쳐줄 프로가 아니다. 질문은 생기는 대로 해라. 단, 타이밍은 조금 신경 써야 한다. 당신이 상상하는 것보다 자기 기분대로 일하는 사람은 많다.

당신을 마음에 안 들어 하는 사람은, 당신이 무슨 일을 해도 마음에 안 들어 한다.

– 당신에게 호의를 보이는 사람에게는 최대한 성의를 보여주는 것이 좋다. 그렇지 않은 사람에게는 그 반응에 일일이 상대해주

지 않아도 된다. 널린 게 사람이고, 널린 게 회사다.

일이란, 다음 의뢰를 받을 수 있을 때까지가 일이다.

바빠도 한가한 척을 하면 사람이 붙게 되어 있다.
- 진짜로 너무 바쁠 때에는 적절히 도망쳐야 한다. 몰래 나와 쉬어도 들키지 않을 장소를 회사 밖에 다섯 곳은 찾아놓아야 한다. 인간은 생겨 먹기를, 하루에 고작 몇 시간 정도밖에 집중하지 못하게 되어 있다.

야근이 많은 회사는 조만간 무너지게 되어 있으며, 당신도 무너뜨릴 것이다.

주말에 무얼 할지는, 수요일쯤에 정해두어야 한다.
- 주말을 위해서 평일이 있다. 인간이 세상에 태어난 이유는 놀기 위해서다.

결국, 사람이다.
- 직장으로 말하면 결국, 상사다. 상사가 정말 나쁘다는 판단이

들면 상사의 상사에게 즉각 상담해라. 말이 안 통하면 더 높은 상사에게 가라. 보통 그런 상사는 과거에도 부하 직원과 문제를 일으켰다. 일반적으로 사람들이 이직하는 진짜 이유는 돈 문제나 하고 싶은 일이 따로 있어서가 아니라 상사 때문이라는 것을 곧 알게 될 거다.

사과는 다음 날 하도록.

- 우선 메일로 사과하고, 그런 다음 직접 사과해라. 그리고 다시 만났을 때 또 사과해라. 다음에 또 사과할 일이 생겨도, 이전의 과한 성의가 제대로 효과를 발휘할 것이다.

일이란, 쓸데없는 잡담의 연장선이다.

- 쓸데없는 말을 늘어놓아라. 흡연실이든 어디든 좋다. 당신에게 일을 맡기면 어떻게든 잘될 것 같다는 인상을 풍기는 데 성공한 상황이라면 최고의 성과를 거둘 것이다. 일부러 서툰 척 연기를 해도 좋다. 그런 사람일수록 이상하게 주변에서 귀여워한다.

주어지는 일 대부분은 단순 작업이다. 일이라 하기도 뭐하다.

- 열심히 맡은 바를 수행하는 것만으로도 무언가를 했다는 기분

이 든다. 하고 싶은 것을 할 수 있을 때까지, 호기심을 왕성하게 갖고 경계심도 왕창 부려라. 그 일을 제대로 할 수 있도록 제대로 잠도 푹 자라. 절대로 노동하다 죽지 마라.

전혀 뜬금없는 일을 한 사람으로 몰려 욕을 먹었을 때,
품위 있고 고결한 사람일수록 한 마디 변명도 하지 않는다.
그래서 지옥 같은 시선들을 마주해야 하지만. 그럴 때 이 사람은
그럴 사람이 아니라며, 당당하게 지켜주는 사람은 그야말로 천사다.
천사는 평소에는 그저 눈살을 찌푸리게 만드는 아저씨의 모습인 경우도
있으니, 살면서 주의해야 한다.

가끔, 대규모 정전이 난 밤을 상상한다. 정전은 며칠씩 계속된다. 원인 불명이다. 인터넷도 휴대폰 배터리도 없어진 세계. 텔레비전도 없다. 라디오도 없다. 당연히 신문도 없다. 한밤중이 되어도 가로등 하나 켜질 생각을 안 하는 도시의 뒷골목. 별이 빛나는 밤이 아니라, 이건 우주라고 불러야 할 것 같은 밤하늘.

분명 밤에 산책 나오는 사람들이 많아질 것이다. 초콜릿과 촛불도 많이 팔릴 것이다. 좋아하는 사람과 이제 만날 수 없게 될 것이다. 새로운 별자리를 만드는 사람도 나올 것이다. 세븐일레븐에서 파는 닭튀김은 당분간 못 먹겠지. 낮에는, 한 권도 안 팔리던 서점 시집 코너에 사람들이 조금 몰릴지도 모른다. "잘 가"라는 이별의 인사는, 정전이 난 다음 날 밤부터 고요히 그 잔인함과 아름다움을 되찾을 것이다.

그 정전이, 하루가 지나고 또 하루가 지나도 계속된다고 치자. 언젠가는 끝날 거라고 모두가 예상했지만, 몇 년이나 지속된다고 치자. 분명 대부분의 사람들은, 전하고 싶은 말을 전하고 싶은 사람에게 전하지 못한 채 죽게 될 것이다. 하지만 그것은, 그런 정전이 나지 않은 오늘날에도, 휴대폰이 있는 지금도, 크게 다르지 않다.

백 년 후가 되면 "잘 가"라는 말이 사라질지도 모른다. 손가락으로 다이얼을 돌리는 전화기의 존재를 모르는 세대가 있다는 것을 최근에 알았다. 나 역시 고베의 작은 골동품 상점에서밖에 본 적이 없다. 포근하고 쓸쓸한 분위기를 자아내는 인테리어 잡화로 팔리고 있었다. 우리가 지니고 있는 것들도 언젠가 모두 구식이 된다. 이별이, 전혀 다른 말로 표현될지도 모르는 시대가 되면 말이다.

한밤중에 도쿄타워 주변을 안내해줄 수 있냐고, 모르는 사람한테 메일을 받은 적이 있다. 새벽 한 시에 도쿄타워 근처의 시바 공원에서 만나기로 했다. 겨울이었다. 거기 나타난 그녀는 담배를 파는 일을 하는 사람이었다. 도쿄타워는 당연히 점등이 안 된 상태였다. 그런데도 그녀는 담배를 태우지 않았다. 우리는 산책을 하고, 언젠가 도전해보고 싶은 꿈 이야기를 하다가 헤어졌다. 그 후로 다시 만난 적은 없다.

백 년이 지나 이 수신탑이 없어질 거라고 생각하니 싫다. 그땐 싫다고 투덜댈 나도 없을 텐데.

밤을 좋아한다. 싫어할 이유가 별로 없다. 원래부터 나는 밝은 것은 별로였다.

아주 가끔씩 드는 생각인데, 편의점이 밤중에는 영업을 안 했으면 좋겠을 때가 있다. 하지만 심야 영업이 없어지면 아무도 오지 않는 심야 편의점에서 일하는 것을 좋아하는 사람들에게는 갈 곳이 사라진다. 나도 한밤중에 아이스크림을 사러 갈 수 없게 된다. 살갑지도 않고 목소리도 작고 표정도 없는 사랑스러운 편의점 점원들. 그리고 편의점 앞에서 담배를 피우는 심야 택시 기사들.

학생의 특권이란 타야 할 전철의 반대 방향 전철에 올라탈 수 있는 것이라고, 사이타마 현의 어느 교장 선생님이 말했다. 나에게는 밤에 안 자는 것이 꼭 그렇다. 아무도 없는 곳을 향해 달리는 막차에, 아무런 이유도 목적도 없이 혼자 올라탈 때, 특유의 찜찜함과 흥분이 뒤섞이는 감각.

휴대폰을 만지작거리다니, 그건 깊은 밤에게 실례다. 혼자 있을 때만큼은 제대로 혼자 있고 싶다. 그래도 사람이 그리워지는 때가 있다.

그런 깊은 밤에 딱 하나 바라는 게 있다. 꿈을 포기했을 때나 소중한 것을 잃었을 때, 조용히 이야기를 나눌 사람이 딱 한 명 있었으면 좋겠다고, 언제나 그런 생각을 한다. 의논을 하지도 않고, 상담을 받는 것도 아니고. 긍정하지도 부정하지도 않고. 칭찬하지도 깎아내리지도 않고. 그냥 조용히 둘 중 하나가 부서질 때까지 얘기만 하는, 들어주기만 하는 밤이, 앞으로 살면서 몇 번 찾아올까? 그날 밤만을 위해 사는 것 같은 기분이 든다.

빼앗고 싶으면 빼앗자.

상처주고 싶으면 상처 입히자.

만나고 싶으면 만나러 가자.

말 못 하겠으면 말 못 하겠는 그 얘기를 하러 가서 비웃음을 사고 오자.

성공하고 싶으면 세상에서 뭐가 성공하고 있는지 공부하자.

공부하기 싫으면 놀자.

죽고 싶으면 잠을 자자. 아니면 맛있는 거라도 먹자.

이상입니다.

누구나 인정하듯, 학생의 최고 특권은 학교에 가지 않아도 된다
는 것이다.

나는 학창 시절 확고한 신념을 가지고 등교를 거부했다. 유치원
생부터 고등학생까지 모두가 일주일에 닷새 동안 수업을 들을
때 나는 이틀만 수업에 나갔다. 래퍼들이 a.k.a.(also known as)라
는 약어로 자신을 표현하는 양식을 빌리자면, 난 'a.k.a. 일주일
에 학교 두 번만 오는 애'였다. 온 힘을 다해 매일 아침마다 학교
가기를 거부했다. 학년 주임이 퇴학 처분을 내린 적도 몇 번이나

있었다. 결과적으로는, 그럼에도 불구하고 어떻게 대학까지 잘 갔다. 부모님께 감사드린다.

괴롭힘을 당한 것은 아니었다. 부모님도 아직까지 건재하시다. 보고 싶은 옛 친구와는 지금도 만난다. 같이 추억을 나눌 그리운 기억도 몇 개 있다. 성적도 나쁘지 않았다.
하지만 학교에 가지 않았다. 학교 가는 것 자체가 너무 싫었다.

어느 날 방과 후 교무실에 가서 담임 선생님 책상으로 곧장 찾아가 "지금 시간 괜찮으세요?"라고 물었다. "어"라고 답한 선생님에게 "선생님, 이제 정말로 학교 다니고 싶지 않아서요, 학교 좀 안 나오게 해주세요"라고 털어놓았다. 선생님은 눈을 크게 끔뻑이더니, 벌떡 의자에서 일어나 말없이 내 팔을 붙들고 상담실로 데려갔다. 선생님은 소파에 앉으며 "그래, 나도 그런 적이 있었는데"라는 말부터 꺼냈다.

"나도 학교가 싫어서 우리 집 다락방에 올라가서 아침부터 밤까지 무전기로 모르는 사람들이랑 얘기하고 그랬어. 딱 너만 했을 때. 대학생이랑도 얘기하고, 캐나다인도 자주 무전으로 연결이 되는 거야. 그런데 걔가 일본어를 못 할 거 아냐? 걔랑 얘기하고 싶어서, 오로지 그 이유로 영어를 공부했는데, 정신 차리고 보니까 내가 선생이 됐더라고. 웃기지? 학교는 안 갔어도, 착실했어." 선생님은 눈썹을 긁으며 말을 이었다. 나는 그 타이밍에 그런 얘기를 해주는 선생님이 참 고마웠다.

"학교에 오기 싫으면 억지로 오지 않아도 돼. 그런데 뭐든 열정적으로 해봐. 사람 그리워하는 마음도 잊으면 안 돼. 졸업은, 내가 어떻게든 시켜줄게. 너는 마음대로 해." 선생님도 아마, 나를 좋아했을 것이다. 그렇게 선생님은 자기 월급에도 틀림없이 영향을 미칠 그런 결단을, 그 짧은 시간에 내려주셨다.

그날부로 나는 담임 선생님의 공인 아래 학교에 가지 않았다.

매일 아침 학교에 가는 척하고, 교복 차림으로 시립 도서관에 갔다. 수백 번도 더 갔다.
나는 무전기 통신 같은 어려운 건 할 줄 몰랐다. 열람실에 있는, 이미 오래전에 세상을 떠난 사람의 이야기를 계속해서 읽을 뿐이었다. 지금 생각하면, 평일 아침부터 저녁까지 매일 도서관 귀통이에서 책을 읽는 애가 있다면 두말할 것 없이 경찰에 신고했어야 옳다.

그런데도 신고당하지 않았던 이유는, 내가 어린애치고 노안이라 수험을 앞둔 고등학생으로 보였기 때문일지도 모른다. 하지만 그건 말도 안 된다. 나는 그때 고작 중학교 3학년이었다.

추측에 지나지 않지만 아마도, 실은 도서관 사서가 책장 너머에 숨어 있던 나를 지켜봐주었을 거라고 생각한다. 갈 곳 없는 이 아이를 잠시 동안만 그곳에 몰래 내버려두기로 한 거다. 말을 걸어봐야겠다 싶으면서도, 아무 말 안 하고 있어준 것이다.

책 읽는 것에도 싫증 났을 무렵, 나는 다시 학교로 돌아갔다. 학교가 따분했던 이유는 주변 탓이 아니라 내 탓이라는 것을 깨달았기 때문이다. 아님 청춘 소설을 읽고 피가 끓어올랐는지도 모른다. 이 지루한 인생을 바꿔보자고 결심했다. 솔직히 말해, 사람이 그리워지는 마음을 이길 수가 없었다.

9월 1일은 학생들이 가장 많이 자살을 하는 날이라고 한다.

학교에 가기 싫고. 그렇다고 집에 있기도 싫고. 부모님께는 말 못하고. 선생님은 멀리 있고. 친구는 없고. 이런 나를 이해해줄 사람은 단 한 명도 없고. 고작 그런 이유로 자살을 하느냐고 묻는 사람도 있다. 그건 굉장히 강한 사람의 사고방식이다. 고작 그런 이유로 사람은 죽음을 택한다.

학교에 가기 싫으면 안 가도 된다. 그럴 때에는 도서관에 가도 된다고, 더 많은 어른들이 말해주었다면 아이들은 죽지 않아도 되었을 것이다.
선생님이 되는 사람들 대다수는 학교 다니는 게 좋았던 아이들이었을 것이다. 학교가 싫었던 적이 있었던 어른만이, 학교에 가기 싫어하는 아이들을 구할 수 있다.
도서관의 사서라면, 아무 말 안 해도 분명 그런 아이들을 받아줄 것이다. 그런 아이들의 마음도 모르는 사람이 사서가 됐을 리 없다. 그런 사람은 사서가 되면 안 된다.

학교가 싫으면 안 가도 된다. 그렇지만 공부는 계속하는 게 좋다. 책도 좀 읽는 게 좋다. 머리가 좋고 봐야 되니까, 뭐 그런 이유가 아니다. 머리는 나빠도 된다는 생각을 하게 해주기 때문이다. 어떤 바람이 불어도 살아갈 수 있다고 가르쳐주기 때문이다.

친구, 부모님, 선생님 다 버리고 도서관에 가서, 친구나 부모님이나 선생님이 되어줄 것 같은 책을 조금씩 찾으면 된다. 그러는 것도 질리면, 허리가 조금 아파오면, 다시 한 번 상처를 받으러 도서관에 가면 된다. 마음이 내킬 때, 학교에 가면 된다.

최종적인 인생의 질은 그 사람의 아름다움과 추함에 달린 것이 아니며,
연봉이나 학력으로 평가되는 것도 아니다.
그동안 만났던 사람, 그리고 그 사람과 무슨 이야기를 할 수 있는가에
한 사람의 인생이 달렸다고 생각한다.
입시나 취업에 실패하더라도, 좋아질 것 같은 사람,
저절로 동경하게 될 만큼 멋있는 사람,
사기를 당해도 괜찮을 것 같은 사람과 만났다면,
제일 좋은 삶을 산 거라고 생각한다.

누군가의 선물을 고를 때 항상 떠올리는 말이 있다. "좋아하는
사람에게는 불쑥 작은 선물을 주렴, 자주자주 주렴." 돌아가신
할머니의 가르침이다. 실제로 할아버지는 사탕과 초콜릿으로 할
머니의 마음을 샀다고 한다. 이거 마치 전쟁 시절 연합군 같지
않은가. 남자들이란, 어느 시대를 들여다봐도 참 단순하다.

남자에게 줄 선물을 고를 때에는, 총리든 노숙자이든 그 사람이
바로 쓸 수 있는 실용적인 것을 고르라는 말을 어디선가 들은 적
이 있다. 정말 맞는 말이다.

선물을 받으면 기쁜 이유는, 그 사람과 떨어져 있던 순간에도 이렇게나 호불호가 심한 나를 위해서 이건 어떨까 저건 어떨까 고민하고, 끝까지 포기하지 않고, 단 하나의 물건을 골라준 그 사람의 담력과 시간이 짐작되기 때문이다.

선물을 받는 입장에 있는 한, 그거면 된다. 그렇지만 막상 내가 선물을 하는 쪽이 되면 사태는 급격히 심각해진다.

손목시계를 선물하면 마치 앞으로 평생 함께하자고 속삭이는 것 같아서 너무 무거운 선물로 보일 것만 같다. 지갑은, 분명히 지금 쓰고 있는 게 제일 마음에 들겠지. 옷 같은 것을 주면 취향을 너무 강요하는 것 같다. 향수라니, 당치도 않다. 열쇠 케이스는 너무 멀리 갔다. 목걸이나 귀걸이는, 꼭 하고 다니라고 하는 것 같아 안 좋다. 안 하면 내가 상처받으니까. 가전제품으로 하자니 골치 아프다. 먹는 것 중에 고르자니 너무 무심해 보인다.

더 이상 눈치 보지 말고 갖고 싶은 게 뭐냐고, 뭐든 다 말하라고 큰소리친 날에는, "갖고 싶은 거 없어"라는 웃는 낯을 마주하며 또 내 머리를 쥐어뜯어야 한다.

되도록 값나가는 걸 해주고 싶다. 그렇다고 너무 비싸면 부담스럽다. 그렇다고 싼 것을 주는 것도 이상하다. 그럴 때 떠올려야 하는 건, 정말로 좋아하는 사람이 주는 선물은 무엇이든 기뻤다는 사실이다. 가격이 문제가 아니다. 과거에도, 지금도. 그러니까 나도 가격에 집착하지 말고, 당당히 골라 당당히 건네주면 된다. 그리고 분명 선물만으로는 마음이 다 전해지지 않으니까 편지도 준비한다. 그 어떤 선물도 편지한테는 못 이긴다. 만에 하나 최악의 사태가 벌어져 그 편지가 버려지는 일이 발생해도, 편지를 버린 사람은 그 사실을 영원히 잊지 못한다.

요즘 세상에 편지라니, 느낌 있는 불량 학생 같지 않은가? 연하장도 그렇다. 그러니까 연하장 광고는 이제 아이돌한테 맡기지 말고, 아무 양키나 데려와서 형편없는 글씨로 열심히 연하장을 쓰는 귀여운 뒷모습을 영상에 담는 게 좋을 것 같다.

호랑이는 죽어서 가죽을 남기고, 인간은 죽어서 이름을 남긴다는 말이 있다. 그렇지만 이름조차 남기지 못하는 수많은 사람들이 존재한다. 그렇기 때문에 셀 수 없을 만큼 수많은 소설이 남는다.

정말로 끝까지 남는 것은 무엇일까? 그건 아마도 누가 누군가에게 건네준 선물일 것이다. 내가 원해서 산 것이 아니다. 그 선물은 내가 죽으면 아무도 사랑해주지 않을 것이다. 누군가 한 사람을 위해서 온 힘을 다해 찾아 건넸던 장면만이 분명 마지막까지 남을 것이다. 그 사람과의 소소한 이야기와 함께. 아마도 영원에 가깝게 남아 있을 것이다.

편지와 선물은 상대방을 위한 것만이 아니다. 아마도, 그 상대방과 내가 존재했다는 사실을 이 시대에 또렷하게 남기기 위해 있는 것이다.

연인이라는 단어가 남자 친구나 여자 친구라는 말이 주는 인상보다도
훨씬 비현실적이고 더 나아간 사이처럼 보이면서도
뭔가 차분하고 은은한 인상을 풍기는
이유는 무엇일까 생각해 보았다.
연인이라는 단어는 성별의 규정이 없고 생사 여부도 따지지 않는다.
영혼뿐인 연인이어도 괜찮은 것이다.

옥탑방에 사는 작가 지망생 Y씨.

가끔 수다쟁이 여자 친구가 놀러 오긴 하지만

대부분의 시간을 고독하게 보낸다.

그것은 여자 친구로부터의 이별 선물이었다.

Y는 더이상 고독하지 않았다.

십 대 후반에서 이십 대 초반에 이어폰으로 수없이 들었던 음악.
몇 번이고 거듭 읽었던 소설과 시. 아무리 생각해도 이해할 수
없는 일이 느닷없이 벌어져 어쩔 줄 몰랐던 날. 잊을 수 없는 밤.
오해. 속았던 일. 구원받았던 일. 돈 없을 때 얻어먹었던 일. 미워
했던 것. 아무 이유 없이 빌려 본 영화. 좋아했던 사람. 그 사람과
의 이별 방식.

그 모든 것들은 머그컵 바닥에 물들어 영영 지워지지 않는 커피
얼룩처럼 한 사람 안에 계속 달라붙어, 앞으로의 삶의 방식까지

결정해버린다.

사람은 스무 살이 넘으면, 성격이 바뀌지 않는다.

그때까지의 기억으로 예전과 다름없이 살 수도 있고, 결정적인 사건을 겪고 아무런 저항도 하지 못하고 살아갈 의지를 잃기도 한다.

좋을 수도, 나쁠 수도 있다. 처음 만나는 상대와 서로 잘 맞을지는 가슴 시릴 만큼 짧은 한순간에 정해진다. 상대 역시 무의식적으로 그렇게 생각하고 있다는 사실을 한 번 마주치는 눈빛, 또는 피하는 시선으로 금방 알아차릴 수 있다. '나는 여태껏 이렇게 잘 맞는 사람을 만난 적이 없다'라고 생각하거나 '저 사람과는 거리를 좀 두는 게 좋겠다'고 판단하거나, 둘 중 하나다.

그렇다면 이제 서로 상처 입히거나 헤어질 일밖에 남지 않았다. 사랑하거나 사랑하지 않는 수밖에 없다. 어렸을 때는 그런 일들이 공원에서 일어났다. 나이가 들자 그런 일들은 공원이 아닌 곳에서 일어난다. 그냥 그뿐인지도 모르겠다.

어른이란 생물은 존재하지 않는다. 어른인 척을 잘하는 어린이만이 있을 뿐이다. 어린이가 가끔씩 어린이 흉내를 잘 내는 것과 같다.

좋고 싫음을 잘 따지며 살아간다면 좋을 텐데. 사랑이라는 감정
이 한 사람의 단순한 취향을 뛰어넘는 것이면 좋겠다. 진심으로
좋아하는 사람의 모순마저도 사랑하고 싶다. 가슴 찢어지는 일
은 스무 살 넘어서도 언제든지 들이닥쳐서 어른들은 '참 좋다'라
는 말 같은 건 별로 하지 않는다. 하지만 다들 말로만 안 하는 것
이다. 언젠가는 술을 마시지 않고도 같이 얘기할 수 있는 사람,
나도 모르게 담배를 끊고 싶어지게 하는 사람과 만나고 싶다. 그
때까지는 쭉 불량 학생인 채로 지내면 된다.

언젠가 잊을 수 없는 깊은 밤을 마주할 때까지, 그렇게 수많은
밤을 스쳐 보내게 된다.

어른의 유일한 의무는 유쾌하게 사는 것이라는 말을 들은 적이 있다.
남 탓 같은 거 하지 않고, 그렇다고 내 탓이라고 하지도 않고,
투정도 잘 부리는 삶이 바로 유쾌한 삶 아닐까.

매일 아침 세수할 때마다 거울을 보며 오늘도 치한이나 살인자
가 되지 말자고 정신을 부여잡는 사람이 있다면, 그는 언젠가 제
대로 된 치한이나 살인자가 될 것이다. 욕하지 않으려고 애쓰는
사람을 술에 취하게 만들면, 욕이 따발총처럼 나오는 현장을 보
게 될 것이다. 어떤 충동을 애써 억누르고 있다는 것은 무언가를
맹렬하게 욕망하고 있다는 뜻이다. 생각해보면 형법이란, 인간
의 욕망을 담은 거대한 목록이다.

질투하지 않고 살겠다고 다짐하는 사람에게는 포기하라고 말해

주고 싶다.

참는 건 몸에 안 좋다. 그것이 살의일지라도. 무언가 다른 방향으로 욕구를 표출할 수 있어야 한다.

질투하지 않으려고 조심하는 사람은 많이 있다. 감정의 종류 중에서도 질투가 제일 추악한 것이라고 분류하는 사람도 있다. 시기하는 마음은 일곱 가지 죄악 중 하나다. 질투하는 사람은 그 대상을 보며 피가 바짝 마르고 애가 탄다.

질투하지 않는다는 건 불가능하다. 나는 결코 성인군자가 아니고, 덧붙여 말하자면 신에게 사랑받고 있지도 않다.

거리를 둘러보면 도로는 물론 고층 건물, 가로등에 붙은 전단지조차 누군가의 자랑으로 넘쳐난다. 거리를 거니는 사람들의 구두와 가방, 원피스도 그렇다. 유니클로 옷도 그렇다. 기노쿠니야 서점도 쓰타야 서점도 HMV 음반 가게도 자신들의 탁월한 재능을 진열한다. 거기에 도저히 대적할 수 없는 일반인은 페이스북이나 인스타그램에 맛있는 요리를 멋들어진 각도로 찍은 사진을 올리거나 아니면 적당한 말이라도 끼적여서 자존심을 지키는 수밖에 없다. 참고로 나는 "언젠가 용병이 되고 싶다"라는 말을 끝으로, 몇 년 전에 페이스북을 탈퇴했다.

질투쯤이야, 얼마든지 해도 상관없지 않나 싶다.

오히려 나는 질투하는 것이 좋다고 생각한다. 어떤 이유로 불안해지고 질투심이 생긴다면 아직 준비가 덜 됐다는 경고로 여기면 된다.

질투는 언젠가 저 사람을 이길 수 있을지도 모른다고 또 다른 내가 생각하는 것이다. 그때 울려 퍼지는 시합의 시작을 알리는 종소리와도 같다.

그렇다. 질투는 이길 수 있는 상대에게만 반응하는 탐지기이기도 하다.

일러스트레이터 친구를 만날 때마다 나는, 언젠가 네가 그림을 못 그리게 될 순간이 너무 기대된다고 면전에서 말하기로 작정했다. 밴드를 하는 친구를 만나면, 언젠가 네가 꿈을 포기할 때의 표정이 궁금해 죽겠다고 면전에서 말할 거다. 사실 난 그림을 그리거나 음악을 만드는 재능이 부러워 죽겠다. 어린 시절, 늘 미술은 빵점이었고 피아노 선생님에게는 혼나기 일쑤였다.

그래서 나에게 없는 재능을 가진 비슷한 나이의 사람을 보면 온 힘을 다해 그들의 불운과 불우를 기원한다. 노골적인 질투와 악의, 부러운 마음을 그대로 드러내버린다. 그건 내 나름의 선전 포고다.

질투는 그 유형도 여러 가지다. 미모에 대한 질투, 연인에게 끝내 충분한 사랑을 못 받고 헤어졌을 때 느끼는 질투, 성과는 낮지만 처세를 잘하는 직장 동료를 향한 질투, 혹은 그 반대로 대충 사는 사람에 대한 질투…….

질투는 대개 험담으로 표출된다. 하지만 그것은 "나는 그것을 갖고 있지 않으므로, 갖고 있는 사람은 지금 당장 어딘가로 사라져주십시오"라고 하는 꼴밖에 안 된다. 자신의 약점을 대놓고 고백하는 것일 뿐이다.

"솔직히 말해 네가 부러워"라고 질투의 대상에게 당당하게 공언하자. 그렇게 선전 포고하는 거다. 그런 말을 해버린 이상 다른 분야에서 싸워 이겨야만 한다.

같은 판에서는 이길 수 없다. 그건 알고 있다. 그러니까 내가 일등으로 이길 수 있는 판을 되도록 빨리 찾아야 한다. 질투에는 내가 최고가 될 수 있는 분야를 찾으라는 신호도 포함되어 있다.

제대로 이겼을 때에는 그 즉시 큰돈을 흥청망청 쓰든지, 마음껏 섹스를 즐기든지, 고양이라도 보듬든지 내키는대로 하면 된다. 진정한 여유는 질투나 열등감에 맞서 싸우고 이겨낸 그 앞에 있는 것 아닐까? 그것은 곧 자신감으로 직결된다.

질투투성이, 열등감투성이로 살아가는 건 아마 재밌을 것이다. 본인은 모르겠지만 그런 감정이 든다는 건 한창 청춘이라는 증거다. 질투에 눈이 멀어 추해지더라도 그런 나를 좋아해주는 사람을 언젠가는 만나게 될 것이다. 얼마만큼의 시간이 걸릴지 모르지만 그 사람을 만날 때까지 해왔던 노력은 결코 헛되지 않다.

그러니까 손톱만큼이라도 누군가에게 질투를 느꼈다면, 다른 누가 나를 질투하게 될 때까지 잠자코 손과 발과 머리를 굴리고 있으면 된다.

033

일본 문학 사상 최고의 미문을 쓰는 작가 중 한 명인 미시마 유키오가 마른 몸에서 벗어나고자 근력 운동에 힘쓰고 노력했다는 일화를 참 좋아한다. 시이나 링고가 사실 자기 목소리를 아주 싫어한다는 이야기도 좋다. 아무로 나미에의 노래 중에 "여자들 모임이 최고야, 난 여자들 모임이 너무 좋아"라는 내용의 가사가 있다. 사람들 모임이 좋다는 얘기를 왜 일부러 노래로 만들어야만 했을까? 나는 오히려 친구가 없는 사람이 좋다.

어쨌든, 열등감은 귀엽다.

명품으로 몸을 휘감은 사람은 그런 것들로 꾸미지 않으면 불안할 정도로 자신감이 없는 사람이라고, 소위 지식인들은 이러쿵저러쿵 말할 것이다. 하지만 좋아하는 브랜드를 몸에 걸치고 '언젠가 저렇게 되고 싶다'고 바라며 애를 쓰면 정말로 언젠가 그렇게 될 수도 있다. 만일 명품에 부정적인 효과밖에 없다면, 이미 먼 옛날에 구찌와 루이비통은 사라지고 없을 것이다.

"샤넬이 전혀 어울리지 않는 연령대의 여자들이 샤넬을 몸에 두르고 다니는 것에 대해 어떻게 생각합니까?"라는 기자의 질문에 샤넬 부사장이 "샤넬은 모든 여성을 위해 디자인합니다. 그러니까 샤넬이 어울리지 않는 여성은 없습니다"라고 대답했다는 일화를 나는 사랑해 마지않는다. 최고의 브랜드는 최고의 애티튜드를 보여준다는 완벽한 예다.

그건 그렇고, 내 지인들은 얼굴이 예쁘든 못생겼든 모두 성형을 하고 싶다고 말한다. 살을 더 빼고 싶다고 말한다. 나는 그 말을 "언제 일주일 동안 프랑스 여행이라도 가고 싶다" 정도의 막연한 희망이라 여기며 흘려들었다. 그런데 그 희망의 정도가 시시각각으로 변화해서 어느 순간 충동적으로 그들이 성형을 하게 될지도 모른다. 얼굴이 달라지면 그들의 말투나 행동도 변하게 될까? 그들을 대하는 나의 태도도 변하게 될까?

사실은, 대책 없는 열등감마저 포함한 당신의 전부를 좋아하는 거라고 솔직하게 말하고 싶다.

아름다움, 특히 외적인 아름다움은 무언가를 향한 복수와도 같다. 물론 얼굴이 예쁜 사람이 좋다. 하지만 그런 잔꾀에 속는 사람은 결국 겉모습만 본다는 것 아니겠는가?

내가 생각하는 아름다움의 기준을 나 혼자 믿으며 살아가고 싶다. 누군가에게 인정받을 필요 없이.

부도심 지역 대부분이 그렇지만 특히 신주쿠는 무언가를 생산하는 거리라기보다 소비하는 거리다.

빅클로,* 이세탄 백화점, 기노쿠니야 서점, 영화관, 아니면 가부키초 일대. 신주쿠에 산 지 몇 년이나 되다보니, 필요한 걸 사는 데에 불편함은 없다. 그러나 무엇을 읽고 무엇을 봐도 전혀 충족되지 않을 때가 어느 날 느닷없이 찾아온다. "그럴 때는 네가 뭔

---

* 일본의 대형 전자 제품 체인점 '빅카메라'와 의류 체인점 '유니클로'가 함께 있는 매장.

가를 쓰든가 보여주든가 할 차례가 왔다는 거야"라고, 친구가 알려준 적이 있다. 이 말을 하루에 몇 번이고 떠올린다. 그녀는 "그러니까 이제 부끄러워질 각오를 해두는 게 어때?"라고 덧붙였다. 이를 계기로, 나는 본격적으로 글을 쓰기 시작했다. 글을 쓴다고 뭔가가 충족되지는 않지만 그래도 아무것도 하지 않을 때보다 어느 정도 편안해진 느낌이 든다.

기타를 갖고 있는데도 무얼 외치고 싶은지 모르겠다. 만년필을 갖고 있는데도, 하고 싶은 말이 있는데도, 무얼 써야 할지 모르겠다. 그런 짐승과도 같은 시절을 보내고 있는 우리들. 당장이라도 누군가를 찢어발길 것 같은 그 눈동자가 참 좋다. 화방에서 조각상을 찾다보면, 요즘에도 그런 눈동자를 한 미대생과 자주 눈이 마주친다. 덕분에 가슴 한 켠이 따끔따끔하다.

다들 열등감이라는 귀여운 병을 앓으며 살고 있다.
샐러리맨이라는 직업이 없는 것처럼, 대학생이라는 추상물이 존재하지 않는 것처럼, '보통 사람' 같은 건 사실 세상에 존재하지 않는다.

절대 남 앞에서 말할 수 없는 버릇 하나쯤 누구나 갖고 있기 마련이다. 그런 병을 잘 숨기는 사람이 많을 뿐이다. 평범한 우정이 없으면 평범한 연애도 없다. 평범한 미래도 마찬가지다.

죽을병에 걸린 사람의 삶을 조금이라도 편하게 만들어주기 위해서는, 어떻게든 병을 고쳐서 평범한 행복을 누리게 해주는 것보다 그 병을 눈에 보이는 형태로 만들어 주변에 유행시키는 게 제일 좋다.

그 병이 여기저기 퍼지면, 인간에게는 여자든 남자든 개성 같은 건 딱히 없다는 사실이 확연히 드러날 것이다.

그리고 한때는 병이라 불렸던 바로 그것이 언젠가 구원이 될 것이다.

034

팝 스타 시대의 종말이 역사적으로 선언된 순간이었던 것 같다. 레이디 가가, 마돈나, 비욘세, 케이트 페리, 아리아나 그란데, 엠마 왓슨까지, 모두 힐러리 클린턴을 응원했는데 결국 대통령 선거에서 도널드 트럼프가 이겼다. 대통령 선거라니, 벌써 옛일이다. 그러나 미국뿐만 아니라 세계적으로 인기 있는 그녀들이 결집해도 위세 좋은 아저씨 한 명을 쓰러뜨리지 못하는 이 현상에는 상당히 짙은 어둠이 드리워져 있다.

힐러리 진영이 패배한 본질적인 원인을 한마디로 정리하자면,

자신감 넘치는 뛰어난 여자들이 자신감 넘치는 뛰어난 여자를 응원하는 모습에 오래전 자신감을 상실한 수많은 사람들이 진절머리가 나 있었기 때문이다. 반대로 트럼프가 승리한 이유는 오래전에 자신감을 잃은 사람들에게 선택적으로 계속해서 말을 걸었기 때문이다.

아무리 예전 일이라고 해도 이만큼 자신감에 대해 새삼 생각하게 만드는 사건은 없었다. 자신감은 그것을 이미 획득한 권력만이 말할 수 있는 것이었다. 과거로부터 계속되어온 불평등의 시대가 서서히 전복되려고 하는 지금, 자신감은 이미 미덕이 될 수 없고 오히려 '자신감이 없는 것'이 강점이 되는 것 같다.

자신감이란 과연 무엇일까?
당신의 있는 그대로의 모습이 좋다고, 레이디 가가는 말한다. 그럴 리가 있겠느냐고, 미와 아키히로*는 말한다. 운동을 열심히 하면 자신을 향하는 비난이 멈출 거라고 말하는 사람도 있고, 그럴 바에야 성형부터 하라고 조언하는 사람도 있다. 사람은 자기가

---

* 일본의 남성 가수 겸 작곡가, 배우, 연출가(1935~). 긴 금발머리가 트레이드마크로, 늘 여장을 하고 다니는 연예인.

구원받은 방법으로만 남을 구할 수 있다.

좋은 학벌, 좋은 경력, 높은 수입, 번듯한 미모. 자신감이 이렇게 한결같은 조건에서 온다고 단정 지을 수 있을까? 그럴 리 없다.

나는 자신감이 없고, 그런 자신감이라면 필요도 없다. 그리고 그 사실을 유일한 자랑으로 삼고 있다. 하지만 자신감을 가진 것처럼 선수 쳐서 행동할 때가 있다. 예를 들면 바로 지금처럼 글을 쓰고 있을 때다. 이 글을 읽는 사람들을 불쾌하게 만들고 싶지 않기 때문이다. 어떤 상황에서도 사람들은 자신감 없는 사람을 싫어한다. 자신감이 없으면 아예 나타나지 말라고 하는 경우도 있다.

자신감을 가지라고, 흔히들 말한다.

그런데 솔직히 자신감 같은 거 있어도 없어도 그만 아닌가?

자신감을 가져야 되는지 아닌지를 결정하는 사람은 결국 당사자가 아니라 타인이다. 우리 눈앞에 놓인 선택은 "자신감을 가질까 말까"가 아니라, "남들 앞에서 자신감이 있는 것처럼 굴까, 없는 것처럼 굴까? 어떻게 하는 게 서로에게 좋을까?"일 뿐이다. 각자 때와 장소와 상황에 맞게 어떤 연기를 할지, 얼만큼 철저하게 연기할지 선택하는 것. 우리가 해야 할 일은 그것뿐이다.

자신감이란 게 실제로 있는지, 왜 있는지는 아무도 신경쓰지 않는다. 그럼에도 진정한 자신감을 갖고 싶어 하는 사람이 있다. 그런 사람은 아주 겸손해 보이면서 어떤 면에선 굉장히 거만하다.

어떻게든 자신감을 끌어내볼 수는 있다.
'자신이 없으니까 아무것도 안 해야지'라고 생각하면 아무것도 얻지 못한다. 수중에 아무것도 없으니 자신감이 또 떨어진다. 이런 식의 부정적인 사고로부터 벗어나기 위해서는 좋은 쪽으로든 나쁜 쪽으로든 일단 행동해야 한다. 자신 있는 척 연기를 하는 데에도 최소한의 경험이 필요하다.

자기가 좋아하고 자신 있어 하는, 그리고 무엇보다 누군가에게 부탁받은 일에는 최선을 다해야 한다. '천직'을 뜻하는 영어 단어는 'Calling'이다. 누군가에게 부름받은 일을 잘해낼 수 있다는 사고방식이 참 좋다. 적성에 맞는 것이라면 뭐든 좋다. 남들보다 욕을 잘하고 자신 있다면, 그 능력을 연마해서 랩 배틀에 나가 우승 상금으로 3백만 엔을 탈 수 있는 시대다.

산더미만큼 책을 읽어도 좋고 영화를 봐도 좋다. 음악을 들어도 좋다. 그러다 질리면 산책을 하고, 더 좋아하는 것을 찾으러 가면 된다. 그렇게 자기만의 기준으로 선택해가는, 좋아하는 것과 싫어하는 것 그 모든 게 언젠가 무엇이든 만들지 않고는 못 배기게 해줄 것이다. '좋다'는 것은, '근거는 없지만 자신감을 갖고 틀린 선택일지라도 그것을 고르고 싶다는 각오'다. 자신의 힘으로 결정한 모든 선택에 후회를 남기지 않겠다는 다짐이다.

어느 쪽을 고를지 고민된다면,
나한테 도움이 될지 안 될지를 생각하지 말고 좋은지 싫은지로 고르자.
좋은지 싫은지도 고민된다면, 좋은 향기가 나는 쪽을 고르고 싶다.
그래도 고민된다면, 아마 둘 다 필요 없는 거다.

035

깨끗한 종이에 까만 볼펜으로 두서없이 글자를 마구 썼다고 치자. 그 종이를 양손으로 꽉 쥐어 구긴 뒤, 몇 번이고 거듭 밟아 뭉갰다고 치자. 너덜너덜해진 종이 쪼가리를 "자, 원상태로 만드세요"라고 해봤자 이미 늦었다. 구겨지고 찢어진 종이 쪼가리는 두 번 다시 깨끗한 종이로 되돌릴 수 없다.

바로 이런 게 사람을 괴롭히는 것과 똑같다. 아니, 괴롭힌다는 말은 정확하지 않다. 타인에게 가하는 폭력이 바로 이와 같다. 하지만 이 이야기는 타인에게 가하는 폭력만을 의미하는 게 아니다.

자신에게 가하는 폭력에 대한 이야기이기도 하다.

뭐든 계속 무리해서 애를 쓰면 어느새 자기 자신은 구겨진 종이 쪼가리가 될 것이다. 타인이 나에게 가하는 폭력은 민감하게 감지할 수 있다. 그러나 스스로에게 가하는 폭력을 알아차리기는 매우 힘들다. 품위 있고 상냥하고 겸허한 사람일수록 자기도 모르는 사이에 마구 부서진다.

한 번 부서진 것은 두 번 다시 원래대로 돌아가지 않는다.
부서지는 이유도 각양각색이다. "한 우물만 파라"는 말을 믿고 적성에 맞지도 않는 일을 계속해나가는 건 스스로를 향한 명백한 폭력이다. 원치 않은 야근도 마찬가지다. 스마트폰에 뜬 거슬리는 광고도, 상태가 좋지 않은 컴퓨터도, 어질러진 방도, 세탁기 안에 남아 있는 빨랫감도, 꼭 해야 하는데 미뤄놓고 몇 번이나 까먹은 일도, 만원 전철도, 폭력이 될 수 있다.

성가시고 귀찮은 마음은 아주 사소한 것에서 비롯된다. 그러나 몸에 어느새 산처럼 차곡차곡 쌓인다. 그러다 어느 날 픽 쓰러진다. 닳고 찢어진 종이 쪼가리가 된다.

그렇게 되고 나면 이미 늦는다.

십 년 후에는 이 일에 관여하고 싶지 않다는 생각이 든다면, 내일도 모레도 신경 쓸 필요가 없다. 이런 식의 노력과 인내는 조금도 아름답지 않다.

열심히 하지 않고도 계속할 수 있다. 그것만이 정답인 것 같다. 열심히 하지 않아도 계속할 수 있는 것만 담담하게 해나가고, 그래서 늘 여유 있고 유쾌하게 살아가는 사람. 그런 사람이 노력하다 지쳐 인상 쓰는 사람보다 훨씬 아름답다. 그게 바로 재능이라는 생각이 든다. 남들이 열심히 노력했던 얘기, 힘들었던 얘기는 내가 알게 뭔가? 지금은 아니지만 예전에는 참 힘들어서 고생을 많이 했다는 과거 얘기 따위, 어쩌란 말인가?

편하게, 오래 살자. 필요한 건 그것뿐이다.

최악의 환경에서 도망치기로 마음먹었을 때는 전속력으로 도망쳐야 한다.

도망칠 방향은 즐거운 것, 사랑스러운 사람, 잘하는 일, 또는 그전부. 지금까지 선택해왔던 방향과 정반대의 방향이다.

그렇게 좋아하는 사람과 이야기를 나누고 좋아하는 음식을 먹고 좋아하는 음악을 듣는다. 좋아하는 걸 한다. 자고 싶은 만큼 잔다. 가끔 낭비도 해본다. 시간이 남으면 방도 좀 치운다. 하루에 한두 번 적당한 거짓말도 내뱉는다. 그렇게 살아가는 자신을 있는 그대로 좋아해주는 사람을 만나면 소중히 대한다. 소중히 대하는 마음을 잊지 않고서.

자신을 소중히 여기는 방법은 이것 말곤 없다. 부서져서는 안 된다. 그렇다고 상처 주는 것들을 잘라내고 무신경하게 살아가란 말은 아니다. 타인에게는 섬세하게, 자신에게는 둔감하게…… 결코 부서지지 않고 살아내길 바란다.

거짓말이란, 나의 거짓말을 듣고 있을 눈앞의 사람보다 더 지키고 싶은 게 있을 때 하고 마는 것이다.

거짓말이 좋다. 영화, 소설, 음악, 플라네타륨도 아름다운 거짓말이다. 지금 힘든 일도 언젠가는 보상받을 것이라고 믿는 노력파도, 일을 하다보면 나 자신을 찾아가는 데에 도움이 될 거라고 믿는 노동파도, 언젠가는 운명의 상대를 만날 거라고 믿는 운명론자도, 결국엔 자기가 믿고 싶은 거짓말을 믿는다.

믿고 싶은 거짓말을 믿으며 살아간다. 그냥 그렇게 살면 되는 거라고 믿고 싶다.

학창 시절에
진심으로 후회하는 것

고등학교 수업 시간에 국어 선생님은 "이 수업이나 나를 잊어버리는 건 괜찮은데"라고 운을 띄웠다. 그러고서 양손으로 교단을 짚으며 이렇게 말했다. "여러분, 살면서 죽고 싶을 때가 오면 꼭 해야 할 일이 하나 있어요. 죽고 싶다는 생각이 든다면 일단 잠을 자요. 잠이 안 오면 산책을 하고, 밤이 새는 걸 보러 나가세요." 그 말을 끝으로 수업을 마쳤다.

그때 선생님이 한 이 말이 사실 선생님 자신을 몇 번이나 구해줬을 거라는 생각이 든다. 사람은 자기가 구원받은 말로만 남을 구할 수 있으니까.

졸업식은 이별하는 날이다. 그리고 그 사건을 일생의 이별로 만들지 말지를 결정하는 날이기도 하다. 이제 다시는 못 본다고 슬퍼하던 친구와는 이런저런 이유를 만들어 지금까지도 만난다. 반면 "또 보자"라는 미적지근한 인사로 헤어진 상대와는 그걸로 끝이 되곤 한다. 하지만 어쨌든 그 순간에는 선생님도 친구들도 어김없이 갑자기 타인이 된다. 열여덟 살 겨울, 졸업식 날의 풍경이다.

대학에 들어가고부터는 책만 읽었다. 나는 교수님 말고 선생님이 필요했다. 돈이 없어서 신초사에서 나온 문고판만 봤다.
다자이 오사무는 정말로 솔직해지고 싶을 때 몇 번이고 다시 마주하기에 참 좋았다. 미시마 유키오는 아름답다고 생각하는 것에 대해 '아름답다'는 말을 쓰지 않고 표현하는 방법을 가르쳐주었다. 나쓰메 소세키는 뻔뻔하게 살고 싶을 때 읽으면 딱이었다. 아쿠타가와 류노스케는 말과 사물에 대한 감각을 극단적으로 끌어올리고 싶을 때에 보면 좋았다. 다니자키 준이치로는 변태면 뭐 어떠냐는 생각을 하게 해준다. 무라카미 하루키의 소설에 나오는 주인공은 잠깐 한눈판 사이에 사정을 하고 있었다. 당연한 결과겠지만 나에게는, 친구가 한 명도 생기지 않았다.

놀 수 있는 건 학생 때까지니까 지금 실컷 놀아두라고, 주위 어른들 대부분이 조언했다. 어른이 되고 나서도 일하는 건지 노는 건지 모를 정도로 즐겁게 사는 사람이 아무리 생각해도 부러웠다. 그런 아득한 미래는 내게 오지 않을 것 같았다.
어떻게 하면 좋을까? 뭘 하면 안 되는 거지? 그것도 모른 채 오로지 책만 읽었다.

청춘은 어마어마하게 잘못된 선택의 연속이다. 적어도 나에겐 그랬다. 나는 각각의 선택지 중 '선택하지 않음'에 모두 체크했던 것 같다.
그 때문에 지금 정말로 후회하고 있는 몇 가지를 적어두겠다.

독서는 확실히 체계적으로 해야 했다. 그러지 않으면 기억의 용량이 낭비된다. 예를 들어 나쓰메 소세키의 『나는 고양이로소이다』를 읽으면 그에 대한 주석과, 해설을 해주는 책 또는 논문을 다섯 권 정도 더 읽는 게 좋다. 책은 아무리 많이 빨리 읽어도

'지식'밖에 안 쌓인다. 이건 의미가 없다. 하나의 사실을 여러 방향에서 바라볼 수 있을 때 '식견'이 생긴다. 어디에 살면서 무엇을 보든, 체계적인 독서는 자신만의 견해로 세상을 해석하는 능력을 길러준다.

대학을 '뭔가를 가르쳐주는 곳'이라고 생각해서 조금이라도 기대했던 시간은 완전히 낭비였다. 대학은 "가르쳐주세요" 하면 "네, 알겠어요" 하는 곳이 아니라, "이러저러한 것들을 알고 싶으니 빨리 교수를 부르거나 교수가 없으면 전문 서적을 냉큼 보내줘"라고 밀어붙이는 곳이다. 수험 공부는 노는 거나 다름없었으니 대학에서는 공부를 했어야 했다는 사실을 좀 더 빨리 알았으면 좋았을걸.

영어를 공부할 시간에 다른 공부에 몰두했다면 더 좋았을 거다. 통역을 구하면 순식간에 해결될 영어에 그렇게 많은 시간을 쏟을 필요는 없었다. 아무리 노력해도 외국에서 살다 온 애들의 말하고 읽는 반사 신경은 따라잡을 수 없다. 뛰는 놈 위에 나는 놈 있는 공부에는 굳이 손을 대지 않아도 되었다. 어느 정도 영어를 알아들을 수 있다면 이제는 무슨 언어를 배우면 좋을까 고민하는 것이 몇 만 배나 가치가 있다.

또, 아르바이트를 무리해서 많이 하는 게 아니었다.

약간의 돈이라도, 자기 힘으로 벌면 확실히 기분이 좋다. 자립했다는 기분도 든다. 그렇지만 사실은 귀중한 생명을 모 기업에 약간의 시급을 받고 줘버리는 것일 뿐이다. 가능하면 부모의 도움은 받을 수 있는 만큼 다 받을 걸 그랬다. 고작 그 시급을 받고, 공부하고 놀 시간을 쉽게 팔아넘기는 게 아니었다.

그렇게 시간을 낭비할 바에는 아예 계획 없이 여행이나 가는 거였는데. 청춘, 그것이 헛되다면 헛되더라도 조금 더 대담하게 허비할 걸 그랬다.

그리고 마지막으로.

외로울 때는 실컷 외로워하고, 누군가를 만나서 투정을 부렸어야 했다. 추억이란 부끄러운 짓을 하지 않으면 만들 수 없다는 걸 이제야 알았다.

그때 더 부끄러운 짓을 했었더라면 지금보다 덜 후회하고 살고 있을 것이다.

사람이 마지막까지 잊지 못하는 것이 향기라고 한다.

가장 먼저 잊는 것은 목소리다. 그다음은 체온. 그리고 생김새를 잊고, 그가 했던 말들을 잊고, 옆모습을 잊는다. 그러고도 마지막까지 잊을 수 없는 것. 무자비하게 우리를 멈춰 세워 한순간 현재에서 과거로 내던지는 것. 몸에 그대로 흡수된 정확한 시한폭탄과도 같은 것. 연애편지의 형식을 한 협박장과도 같은 것.

향기라는 눈에 안 보이는 것을 적확하게 표현할 말이 없기 때문에, 사람들은 의식적으로든 무의식적으로든 지푸라기라도 잡는 심정으로 마지막의 마지막까지 기억하는 것일지도 모른다.

예전에 좋아하던 사람이 즐겨 썼던 향수는 입생 로랑이었다는 것만 기억난다. 난 그 향을 매우 마음에 들어 했었다. 그를 얼마 전에 다시 만났을 때 문득 직접 물어봐야지 싶어서, 네가 쓰던 향수 이름이 뭐였더라 하고 물으니 "난 향수 같은 거 뿌린 적 없어"라고 해 적잖이 당황했다. 별 볼 일 없는 대화를 나누며 가만히 그 사람의 향기에 집중했지만, 확실히 그때의 그건 과거에 내가 알던 향기가 아니었다. 어쩌면 실은 과거와 같은 향기를 내뿜고 있었는지도 모른다. 그런데 도무지 그렇게 느껴지지 않았다. 결국 다 그렇고 그런 거다.

그런데도 길을 걷다가 그리운 향기를 맞닥뜨릴 때면 갈비뼈 부근이 뻐근해지는 통증을 느낀다. 이제 아무 감정도 없는데. 혹은 그리운 사람의 이름을 들었을 때도 그렇다. 이제 어떻게 해볼 마음도 없는데. 그렇게 생각하는 것도 내가 나에게 내뱉는 거짓말일까?

향기는 우리에게 두 번째 실연을 가져온다. 그래서 향수를 좋아한다. 쓸모없고 사치스럽고 고고하다. 어쩌면 담배나 영화관과 마찬가지로 향수 또한 우리를 혼자 있게 만들어주기도 하고, 외톨이로 만들어버리기도 한다. 타인으로부터 겪는 지옥만큼이나 씁쓸한, 인공적인 고독.

비의 향기도 좋다. 비가 내린 뒤에 나는 비릿한 냄새는 식물 안에 있는 철분과 지표면의 미생물이 섞여서 나는 것이라고 한다. 말하자면, 먼 옛날 누군가의 일부가 섞여 있는 것이다. 비 냄새가 어쩐지 그리운 감정을 불러일으키고 조용히 '죽음'이라는 단어를 떠올리게 만드는 것은 아마 우연이 아닐 것이다.

좋아하는 책에 책갈피를 끼운다. 향기는 추억의 여백에 끼워진 책갈피와 같다.

처음으로 훔친 엄마의 물건은 향수병이었다. CK one. 심플한 비누 향이었다. 바르게 살아야겠다는 생각을 하게 만드는 향. 공부하다 피곤해지면 향수를 목에 뿌려 알람시계를 대신했다. 여름의 향기라고 칭송받는 향수인데 나에게 그 향은 겨울의 향기였다. 분명 나중에 그 향수는 엄마를 떠올리게 만드는 유일한 향기가 될 것이다. 그리고 언젠가 굉장히 외로운 향기가 될 것이다. 행복한 기억은, 언젠가 모두 그런 미래로 흘러가게 되어 있다.

아무리 능수능란하게 인간인 척해봤자 우리는 본디 짐승이다. 싫어하는 냄새가 나는 사람과는 잘 지낼 수 없다. 좋은 감정을 느꼈지만 좋지도 싫지도 않은 냄새가 난다면 그 관계는 곧 끝난다. 그런 가차 없는 단순함이 좋다.

좋아하는 사람에게서는 아주 찰나의 행복한 향기가 난다.

① 처음 뷔페 식당에 갔을 때의 향기

② 수능 보던 날, 바람에 실려오던 겨울의 향기

③ 남자 품에 처음 안겼을 때의 향기

④ 애인이 떠난 날 베갯잇에 남아 있던 향기

039_____   우타다 히카루와

                                        시이나 링고,

                              그리고 1990년대에 태어난 우리들

우타다 히카루의 노래는 사람을 고독하게 만든다. 고무로 데쓰
야*가 사람을 고독에서 구원하는 음악을 만드는 것과는 정반대
다. 〈세상에 하나뿐인 꽃〉을 부른 가수가 SMAP이라면, 우타다
히카루는 '세상에 하나뿐인 외톨이'가 바로 자신이라고 끝없이
노래한다. 노래방에서 불러 분위기를 띄우기보다, 이어폰으로
혼자만 듣고 싶은 노래. 그녀의 데뷔곡 〈Automatic〉을 다시 들
을 때마다 새삼 초등학생 때 학원 끝나고 집에 가던 버스 안에서

* 일본의 작사, 작곡가이자 프로듀서, 키보드 연주자(1958~). 아무로 나미에, 스즈키 아미 등
그가 프로듀싱한 곡으로 밀리언 셀러가 된 스타들이 많아 특히 유명하다.

의 미열과 차창을 내리치는 차가운 빗방울이 떠오른다. 뭐 하나 재능이 없으니까 이렇게 공부만 시키는 거라고 어린 나이에 깨닫고 조금 절망했던 기억도 난다.

청춘이란 정녕 어두운 것이었다. 결코 밝지 않았다.
그리고 음악은, 영화나 소설과는 다르다. 현실에서는 단 몇 초 만에 끝나는 한순간의 사건이 몇 분짜리 멜로디로 불리기 때문인지도 모르겠다. 거듭거듭 반복해 들으면서 봤던 풍경이 노래에 자꾸 덮어씌워져 기억 한 켠에 오래도록 남아 있다. 남한테 나의 치열을 보여주는 것보다 아이팟 재생 리스트를 보여주는 게 더 부끄럽다.

음악은 아주 오래전부터 조금씩 나 자신을, 그리고 시간을 아름답게 굴절시켰다.
그리고 어느 날, 모르는 척 시치미 뗀 얼굴로 어른 흉내를 내고 있는 우리를 겨우 몇 초짜리 전주만으로 옛 시절로 데려간다.

평범한 한 여자의 이야기를 소재로 삼았어도, 우타다 히카루와 시이나 링고의 노래는 가사와 그 색채가 다르다. 그렇게 제각각

다른 노래를 들어오며 수많은 현대인들이 시답지 않은 이유로 죽지 않을 수 있었다고 생각한다. 우리가 해야 할 말들을 이미 그녀들이 거의 다 해버린 거 아닌가 싶은 생각까지 든다.

마루노우치*를 걷거나 스님을 보면, 막차를 타거나 이케부쿠로**를 통과할 때면, 꼭 시이나 링고의 〈마루노우치 새디스틱〉이 생각난다. 가사 여기저기에 등장하는 도쿄 여기저기의 지명과 뜬금없는 고유명사들. 도쿄에 살기 전, 또 살고 난 후에도 수천 번 듣고 나서야 이 노래가 창부가가 아니라는 사실을 깨달았다. 도시에서 살아남기 위해서는 자신의 일부인 몸과 정신을 조금씩이라도 팔아야 한다는 것. 섹스나 자위로는 해결되지 않는 외로움. 좋아하는 것과 좋아하는 사람의 고유명사를 퍼뜨림으로써 그렇게라도 어떻게든 스스로를 지켜나가려는 마지막 발악을 노래한 것이라는 사실을 그제야 겨우 깨달았다.

시이나 링고를 좋아한다고 대놓고 말하기 어려웠을 정도로 그녀가 한 시대의 어두운 면을 노래했던 시절도 끝이 나고, 환락의

* 도쿄역 일대를 가리키는 지역 이름. 대기업의 본사들이 많이 위치해 있다.
** 도쿄 중심부의 번화가. 도쿄 내에서는 신주쿠 다음으로 유동 인구가 많다.

거리 가부키초에 있던 그녀는 어느새 신주쿠 이세탄 백화점에 드나드는 아이 엄마가 되었고 시세이도 광고에 출연도 하며, 가구라자카*와 다메이케산노**로 사라졌다가 어느 틈에 올림픽 폐회식에 얼굴을 슬쩍 비쳤다.

나는 여전히 신주쿠에 살고 있다. 뜬금없이, 신주쿠에 호우가 내린다.

* 도쿄 신주쿠에 있는 번화가 이름.
** 도쿄 치요다에 있는 지역 이름. 각종 관공서와 회사들이 모여 있는 곳이다.

040

누구든 상관없었던 여름. 누구도 상관없지 않게 된 가을. 그리고
곁에 아무도 없는 겨울. 감정이 다 죽은 다음에야 찾아오는 봄.
싫다고 했던 계절에는 한때 좋았던 추억이 반드시 존재한다.

나는 처음 만나는 사람에게 꼭 좋아하는 계절과 싫어하는 계절
을 물어보곤 한다. 또 비를 좋아하는지, 민트 아이스크림을 좋아
하는지도 궁금하다. 그것은 나에게 나이나 태어난 곳을 묻는 것
보다 훨씬 더 중요하다.

봄은 무섭다.

보고 싶은 사람을 만나러 가는 사람의 정직함을 좋아한다. 보고 싶은 사람에게 반드시 만나야 한다는 믿음을 주어 보러 오게 만드는 사람도 좋다. 이제 다신 안 보겠다고 평생 후회할 각오를 한 사람도 좋다. 그리운 사람의 살결 같은 밤바람에 사로잡히고, 봄날의 밤이면 그 모두를 흐릿한 기억 속으로 떠나보낼 것만 같다. 밉살스런 벚꽃. 그것들을 조만간 날려버릴 비.

이대로 계절 이야기를 이어가겠다. 어차피 우리는 서로를 잘 알지 못하니까.

여름에 태어난 사람을 좋아한 적이 있다. 여름에 태어난 사람이 나를 좋아해준 적도 있다. 하지만 바로 헤어졌다. 그래서 상대가 여름에 태어났다고 하면 약간 흠칫하고 놀란다. 그렇게 되거나 그렇게 되지 않거나, 둘 중 하나니까.

나는 여름을 사랑하지 않는다. 사랑하지 않는다니, 꼭 고백 같기도 하다.

불꽃놀이에는 반드시 간다. 여름을 욕하는 일 따위 내겐 백 년이

지나도 있을 수 없다. 같이 가자고 했다가 퇴짜를 맞고 혼자 보러 가게 된 불꽃놀이도, 아무한테도 가자고 하지 않고 혼자서 보는 불꽃놀이도 아름답다. 싫어하지도 좋아하지도 않는 남자와 불꽃놀이를 보러 가는 여자. 그걸 다 알고도 미소 짓는 남자. 행방불명되지 않고 무사히 집에 돌아온 어린아이. 여름은 마구 찢길 정도로 절절한 계절이었으면 좋겠다고 나는 늘 생각한다. 절절함을 사랑하는 이유는, 그 감정이야말로 우리를 조금 억눌러주기 때문이다.

사람들은, 외롭지 않다고 말하게 만드는 가을의 쓸쓸함을 사랑한다.
쓸쓸함이 폐부에서부터 복받쳐 오르는 행복한 감각.
11월을 제일 좋아한다. 10월의 공허함, 12월의 북적거림과는 달리 아무도 없는 바다처럼 고요하고 태평하고 안전하고 행복하기 때문이다. 기온이 어느 일정한 온도를 밑돌면 대부분 외로움 같은 사치스럽고 쓸데없는 감정은 느끼지 않을 것 같다.
11월에 태어난 사람 중에는 달콤한 거짓말을 잘하는 사람이 많은 것 같다.

11월이 되면 사랑이니 연애니 아무래도 상관없어진다. 혼자서도 잘 살아갈 수 있게 할 겨울옷이 갖고 싶어질 뿐이다. 나는 11월에 태어났다. 11월이라는 이름을 붙인 향수를 어딘가에서 판다고 들었던 것 같다.

겨울.
무겁게 흩어지는 담배 연기. 무심코 겨울에만 쓰는 향수. 그 사실을 아무에게도 말하지 않는 사치. 다정했던 사람의 아름다운 코트. 크리스마스를 증오하던 시절의 애틋함. 눈의 결정이 얼어붙는 온도에도 아랑곳하지 않고 내리는 비. 잊고 싶은 건 아무것도 없는데 걸려오는 송년회 연락.
혼잣말하기에도 무엇한 사소한 사건들이 겨울의 윤곽을 만들고 먼 곳으로 우리를 날려버린다.

보고 싶다고 생각해도 상대는 보고 싶어 하지 않을 거라는 사실이나, 그에게도 소중한 사람이 있는데 그 사람은 절대로 내가 아니라는 사실이나, 그리운 옛 친구와 옛이야기로 한바탕 웃고 난 후 갑자기 찾아오는 견딜 수 없는 침묵. 12월이 끝날 무렵에는 모든 것이 의미를 잃고 쓸쓸해져서 지금도 겨울을 완전히 싫어하지를 못한다.

12월의 마지막 날에는 내가 지닌 감정의 95퍼센트가 죽어버리고, 그렇게 1월이 된 순간 나머지 5퍼센트가 즉사하는 듯한 느낌을 받는다. 누군가에게 신상품이자 아무도 쓰지 않은 감정을 팔러 느닷없이 들이닥치는 1월을 어영부영 흘려보내고, 그러고 나서도 뭘 어떻게 해야 할지 모른 채로 2월을 지나치고, 3월이 끝날 무렵 다시 엄습해오는 그 봄을 예감하게 만드는 바람.

언젠가 만났으면 좋겠다. 잘 가.

끝내고 싶지 않으니까, 시작하지 않기로 한 때도 있었다.
언젠가 전부 끝난다. 그래서 구원받은 적도 있다.
하지만 이제 더 이상 그런 것에 구원받을 수 없게 되었다.
어떤 것도 나를 구원해주지 못했을 때부터가 진짜다.
사랑할 수 없게 되었을 때부터가 진짜다.
앞뒤로 방심하게 되었을 때부터가 진짜다.
아니면, 죽고 싶어졌을 때부터가 진짜다.

041

더 이상 살을 빼지 않아도 되는
사랑

긴장을 늦추면 큐피 인형* 같은 체형이 된다.

다이어트를 결심한 날부터 세븐일레븐에서 사 온 닭 가슴살을
오랜 시간 정성을 들여 먹거나, 성실하게 매주 평일마다 수영장
에 다니거나, 단식까지 시도하는 등, 나름의 혹독한 경험을 한
적이 있다. 한 번 마음먹으면 쿠키도 안 먹고 체중 조절용 식품
에 의지해 다이어트에 열중한다. 그러면 확실히 하루에 0.5킬로
그램씩 빠진다. 앱으로 기록하는 체중 그래프가 맹렬한 포물선

* 동그랗고 큰 눈과 귀엽게 나온 통통한 배가 특징인 아기 인형.

을 그리며 표준 체중으로 근접해간다.

노력이 보이는 기쁨. 한결 가벼워진 마음.
이제 됐나 싶어 우쭐해져서, 그대로 아무런 관리도 하지 않고 멍하니 있었더니 원래 체중으로 뿅 돌아온다. 거울에는 친숙한 큐피 인형의 몸이 보인다.

다이어트를 시작해도 꾸준히 이어가지 못하고 늘 마무리가 허술하다. 그러나 세상은 허술한 것투성이다.

불교 용어 중 제행무상諸行無常은 '모든 사물은 늘 돌고 변하여 한 모양으로 머물러 있지 아니하다'라는 뜻이다. 날씬한 사람은 모든 자연의 섭리와 싸워 승리했기 때문에 훌륭하다.
내가 아는 모델은 남 앞에서는 아무것도 먹지 않기로 정했다고 한다. 어쩔 수 없이 식사 대접을 받았을 때는 그 사람이 계산하는 사이에 화장실에서 전부 토한다. 평상시 저녁은 편의점에서 파는 어묵탕 속 무만 건져 먹을 정도로 철저하다.
그런 사람도 있는 마당에 '딱히 의사 앞에서 말고는 벗을 일도 없는데 뭐'라고 생각한다면 평생 못 뺀다.

솔직히 누구나 살을 안 빼도 괜찮도록 아무것도 신경 안 쓰고 살고 싶다고 생각하지 않나?

이제 더 이상 살을 안 빼도 될 사랑을 찾는 편이 날씬해야 된다는 강박보다 훨씬 우선시되어야 하는 것 아닌가?

결혼하고, 아이를 낳고, 은퇴를 하고, 아니면 휴가 중에 보기 좋게 살이 붙은 연예인의 사진이 주간지의 지면을 장식한다. 세상 사람 모두가 레오나르도 디카프리오 같은 배우가 아니며, 호날두 같은 근육의 화신이 아닌데 말이다.

행복한 사람은, 더 이상 살을 뺄 필요가 없어진 사람이다.

살을 안 빼도 사랑받는 방법을 아는 진정한 승자이기 때문이다.

스캔들 때문에 예능이나 정치 생명이 끊어진 사람들이 지금은 어떻게 살고 있는지를 파헤치는 프로그램을 좋아한다. 기자는 그들에게 그때 당시의 심정을 말해달라고 곤란한 질문을 던진다. 당사자는 먼 산을 바라보며 이미 국민 모두가 거의 잊어버린 과거의 불륜이나 약물 문제에 대해 이야기한다.

별것도 없는 프로그램이다. 사실 바람을 피우든 불륜을 저지르든 자기들 마음대로 하면 될 일이다. 그들도 개인의 자유에 따라 행동했을 뿐인데 범죄자 취급을 받고 반성하는 말까지 늘어놓는다. 그런 모습을 보는 게 마냥 좋지는 않다.

중요한 건 그들이 그냥 살아 있다는 사실이다.

그렇게까지 온 세상의 적이 되어 냉대를 받았어도 지금까지도, 앞으로도 살아간다는 그 사실이 참 좋다. 아마 그들 곁에는 그 모든 상황을 견뎌내고 살아가고자 마음먹게 해준 누군가가 있었을 것이다. 자기를 욕하는 사람이 백만 명 있어도 단 한 사람 내 곁에 그런 존재가 있다는 사실만으로, 살아야겠다고 마음먹었는지 모른다. 오직 그것만을 우산으로 삼아, 비판과 모멸과 조소라는 호우 속을 꿋꿋이 걸어가기로 마음먹은 건지도 모른다. 인간은 터무니없이 나약하다가도 단 한 사람 내 편이 있다는 사실만으로 강인해진다.

"죽고 싶다는 생각이 들면 일단 잠을 자라"라는 선생님의 말은
분명 정답이다.

"심심해 죽겠으면 카메라를 들고 거리를 걸어"라고 가르쳐준 선
배의 말도 잊을 수 없다. 선배는 주변 세상을 감각하는 능력을
의식적으로라도 자신의 힘으로 끌어올려 감수성을 지켜야 한다
고 했다. 나의 위, 아래, 좌우, 등 뒤까지 주변에 일어나는 일 전
부를 되도록이면 놓치고 싶지 않아 오감을 긴장시키는 일, 그런
일은 확실히 카메라를 들고 걸을 때 정도밖에 없다.

스스로 자신의 감수성을 지켜내고자 하는 모습이 참 좋다. 혼자 있을 때야말로 아름다운 것을 찾아야 한다. 그러기 위해서 아름다운 것들을 찾아낼 수 있는 감성을 유지해야 한다.

우리는 분명 우리가 생각하는 것보다 훨씬 더 기계적인 존재일지도 모른다.

기계는 지나친 열기와 냉기와 습기에 약하다. 때리고 화낸다고 절대 고쳐지지 않고 오히려 더 고장 난다. 가끔은 가만 내버려두어도 고장이 나며 모순된 지시를 받으면 무조건 정지한다. 연료를 주지 않으면 움직이지 않는다. 또한 정기 점검이 필요한 존재다. 인간의 모습과 매우 닮지 않았는가.

머지않아 영원히 고장 나지 않는 기계가 만들어질 것이다.

그래서 먼 훗날의 사람들은 인간도 고장 난다는 사실을 망각하게 될지도 모른다. 언젠가 늙지도 죽지도 않는 비결을 발견한다 해도 영원히 고장 나지 않을 인간은 있을 리 없다.

늙지도 죽지도 않는 인간은, 과연 감정도 그럴까?

좋고 싫음도 없이 아무것도 느끼지 못하는 상태를 살아 있다고 말할 수 있을까?

감성이라는 단어가 쓰인 문장 중에 "온 재능을 아낌없이 보여준 사람을 보면, 내 모든 감성을 아낌없이 탈탈 털어 그가 내게 준 것을 느끼고 싶어"라는 시이나 링고의 가사를 좋아한다. 아주 겸허하게 쓰인 가사다. 여기서의 '감성'이란 뻔하지도 기계적이지도 않다. 감성을 다룰 때는 세심하게 주의를 기울여야 한다. 오로지 자신의 감각을 유지하면서 일부는 타인에게 내어줄 수 있어야 한다.

더 이상 누군가에게 과시할 필요를 느끼지 않는 사랑.

살을 빼고 싶다는 마음도 필요 없는 사랑.

일기 맨 첫 장 첫 줄을 못 쓰겠는 사랑.

남색도 파란색도 빨간색도 아닌 사랑.

카메라 셔터를 못 누르겠는 사랑.

영화관에 못 들어가겠는 사랑.

담배 피우는 것을 잊게 되는 사랑.

성경이고 경전이고 다 태워버리고 싶어지는 사랑.

사랑 노래가 아무런 도움이 안 되는 사랑.

친구와 있을 때 문득 떠오르는 사랑.

파산해도 상관없을 사랑.

배신당해도 괜찮을 사랑.

술에 취한 척했던 사랑.

인터넷 중고 거래에서 구매자가 안 나타나는 사랑.

디즈니랜드로부터 제일 먼 곳에서 하는 사랑.

무엇을 쓰든 연애편지가 되는 사랑.

무자비한 테러리스트도 밤에 울게 만드는 사랑.

적당한 선물이 안 떠오르는 사랑.

고양이도 달도 사이렌도 방해가 되는 사랑.

사랑이라고 형용하기에도 미운 사랑.

밤도 낮도 적으로 돌리는 사랑.

이유 없는 사랑.

서서히 진행되는 자살과 구분이 안 되는 사랑.

나이도 성별도 이름도 얼굴도 몸도 의미 없는 사랑.

인터넷에 단 한 점의 흔적도 안 남길 사랑.

쓸데없는 이야기를
계속하고 싶다

좋아한다는 말을 못 하니까 보고 싶다고 하는 것일 테고, 보고
싶다는 말을 못 하니까 한잔하자고 하는 것일지도 모른다. 한잔
하자고도 못 하겠으면, 쓸데없는 얘기를 할 수밖에 없다. 쓸데없
는 이야기란 정말이지 있으나 마나 한 이야기로, 순수한 고백과
도 같다.

쓸데없는 이야기가 좋다. 어제 꾼 꿈 이야기. 예전의 자랑 이야
기. 푸념. 이것들을 재미있고 우습게 이야기할 수 있는 사람은 영
리한 사람이고, 즐겁게 들어줄 수 있는 사람은 매우 애정이 넘치

는 사람이다. 아무 쓸모 없는 잡학도 귀엽다. 목성에는 지면이 없어서, 인간이 착지하려고 했다가는 대기중의 가스에 화상을 입어 죽는다는 것. '예전에 사랑했던 사람이지만 지금은 사랑하지 않는 사람에게 드는 감상적인 기분'을 의미하는 'Razbliuto'라는 단어가 세상에 존재한다는 것.

쓸데없는 것은 어째서 한순간 쓸데가 있는 것이 되어 나타날까? 쓸데없다는 말 자체에 아마 거짓이 섞여 있어서일 것이다. 실은 쓸모가 있다는 걸 강조하고 싶어서 쓸데없다고 표현하는 것뿐이다.

행복한 일도 불행한 일도 일어나지 않는다. 이렇다 할 것도 없던 날이 가장 특별했었다는 걸 깨닫는 날이 언젠가 불현듯 찾아오리라는 걸, 그냥 안다. 빨래를 개는 엄마, 단정치 못한 모습으로 잠든 연인, 술집을 나온 순간, 슬쩍 하품을 하는 친구, 문득 전철 창문으로 들어오는 전치 2초 정도의 상처를 입힐 듯한 해 질 녘의 예리한 빛.

역 앞에서 헤어질 때, 현관에서 헤어질 때, 소중한 사람을 배웅할 때, 그 순간이 마지막이 될지도 모른다는 사실을 자꾸 잊고 만다. 정말 별것 아닌 이유로 그 순간이 마지막이 되는 일은 지금까지 몇 번이나 있었다. 그러니까 확실히 해두지 않으면 안 되는 일을 몇 번이고 떠올릴 필요가 있다.

재미있는 얘기를 할 필요는 없다. 좋은 사진을 찍으려고 할 필요도 없다. 내가 나를 웃기고 납득시키고 감동시킬 필요는 없다. 그저 쓸데없는 일기를 계속 쓰고 싶다. 쓸데없는 순간이나 아무것도 아닌 하루의 일을 글이나 사진으로 남기면 언젠가 소중한 것이 된다.

잠들지 못하는 건 오늘 하루 일어난 사건 전부가 납득이 안 되어서고,
기분이 나쁜 건 초콜릿이 부족해서고,
너나 나나 손에 넣을 수 없는 것이 그냥 막 원망스럽고,
갈망하고 있음에도 바다에 가지 못해서고,
좋아하는 시 한 편을 잊어버려서고,
새로운 일이 생길 기미가 이제 없어서 봄을 싫어하고,
그런데도 어쩐지 봄에 태어난 사람을 울리고 싶지 않다는 생각을 계속할 것 같고, 우리는 봄에 자꾸만 갈 곳을 잃을 것 같고, 잠이 안 오면 깨어 있으면 되고, 잃고 싶지 않으면 관심을 꺼버리면 되고,

이도 저도 안 될 것 같으면 부숴버리면 되고,

언젠가 뺏길 각오가 되어 있다면 지금 뺏으면 되고,

이 세상이 지루한 건 아이팟의 재생 리스트 탓으로 돌리면 되고,

무엇 하나 읽어도 도움이 안 되면 내가 하나 쓰면 되고,

어느 쪽인지 결정을 못 내리겠으면 아무 쪽이나 골라도 되는데

대부분 둘 다 필요 없고, 셀카를 계속 찍지 않으면 안 될 정도로 내 모습에
납득이 안 가는 것 같고, 휴대폰을 계속 보지 않으면 안 될 정도로 혼자라
는 걸 인정하고 싶지 않고, 친구가 없으면 불안해질 만큼 나에 대해선 생
각하고 싶지 않고, 남과 비교하지 않으면 아무것도 못할 만큼 승리의 기
준을 만드는 가치관이 나에게는 없는 것 같고, 하지만 나의 괴로움과 당
신의 괴로움은 관계가 없고, 간접 체험도 불가능하고,

그래도 당신이 누구에게도 말하지 않은 일을 난 알고 싶고, 아마 알 수는
없어도 우리에게 피부가 있는 이유는 아마 그걸 알아내라는 것일 테고,

그러니까 말로 못하겠다면 사진으로 하면 되고,

사진으로 못하겠다면 산책하면 되고, 산책도 못하면 자면 되고,

잠이 안 오면 깨어 있으면 되는데 깨어 있는 것도 싫으면 아름다운 것만
보면 되고, 그래도 그런 걸 하면 어쩐지 온 세상이 적으로 보여 웃음이
나니까 아름다운 것도 보고 싶지 않으면 그냥 혼자 있으면 되고, 외로우
면 거리로 나가 상처받으면 되고, 상처받기 싫으면 그냥 가만히 있으면
되고, 근데 가만히 있을 수 없으니까 글을 쓸 것 같고……

그래서 잠을 못 잘 것 같다.

○ 현명함, 강함, 아름다움이라는 말의 의미에 대해 자기만의 정의
　를 내려보고, 그 정의를 꾸준히 실천하기.

○ 툭 치면 바로 줄줄 이야기할 수 있는 나만의 책 열 권 이상 만들기.

○ 독서는 체계적으로. 자신의 기억력을 너무 믿지 말기.

○ 미운 사람을 용서하기.

○ 부모님도 용서하기.

○ 일단 창피당하고 보기.

○ 과격한 사람일수록 다정하다는 것을 알아채기.

○ SNS에서 마음에 든 사람은 망설이지 말고 불러내기.

○ 사진 못 찍어도 찍기, 글 못 써도 쓰기, 그리고 계속하기.

○ 어른들과 돈이 내 꿈을 쉽게 방해하지 못하도록 하기.

○ 착실한 성격이라면, 한 번쯤 욕망이 이끄는대로 해보기.

○ 직함보다, 뭘 하고 있으며 뭘 하고 싶은지로 사람을 보기.

○ 배신당해도 상관없을 만큼 사랑하는 친구 찾기.

○ 좋고 싫음을 따지며 여유 부리기엔 세상 곳곳에 적이 우글거리고
  있다는 것을 명심하기.

○ 나의 사상을 옷으로 완벽하게 숨길지 완벽하게 보여줄지 정하기.

○ 나이 차이는 변명이 될 수 없다는 것을 깨닫기.

○ 여행하지 말고 떠나보기.

○ 싫증나도 괜찮으니 계속할 수 있는 걸 새로 찾기.

○ 혼자서 연애하고, 혼자서 실연해보기.

○ 실연 때문에 한 번 제대로 죽어보기.

○ 그래도 좋아하는 걸 혼자서 끊임없이 외치기.

○ 같이 하룻밤을 보내도, 손을 잡아도, 연인이 되지 않는 경우가 있음을 알기.

○ 아침, 점심, 저녁까지 공부, 공부, 공부, 닥치고 공부하기.

○ 무료함에 환경 탓을 하는 것은 시간 낭비임을 알기.

○ 친구와 함께 쓸데없는 밤을 보내기.

○ 친구 사귀기 힘들 때 그 고독을 자랑스럽게 여기기.

○ 자격증 공부에 미치면, 좋은 의미로든 나쁜 의미로든 시간은 순식간에 가버린다는 것을 깨닫기.

○ 돈을 버는 게 얼마나 힘든지도 알아두기.

○ 시 때문에 울어보고, 가끔은 바다 때문에 울어보기.

○ 술에 취한 김에 거하게 실수 한번 해보기.

○ 바쁘다는 건 이유가 되지 않는다는 것을 명심하기.

○ 되돌아가도 되돌아갈 수 없는 곳이 생길 거라는 것을 알아두기.

○ 좋은 학벌에서 오는 자신감을 버리기.

○ 외로움으로 어디든 갈 수 있음을 알기.

○ '헤어지다'는 말에서 영원히 헤어지는 방법을 찾아두기.

넷

연애를 뛰어넘어,
밤을 뛰어넘어, 영원을 뛰어넘어

짝사랑 따위
한 푼도 가치가 없다

고양이 알레르기가 있다. 그래도 고양이를 좋아한다. 고양이라면 역시 페르시안 고양이다.

페르시안 고양이는 사실 먼 옛날 아프가니스탄에서 왔다고 한다. 이쯤 되면 왜 이름이 페르시안인지 이해가 잘 안 된다. 먼지 투성이가 되어도 그렇게 폭신폭신할 수 있다니. 페르시안 고양이의 사망 원인 중 대부분은 실수로 자기의 긴 털을 먹어대다가 몸이 상해서라는 이야기를 들은 적이 있다. 진위 여부는 모르겠지만 그런 얘기가 돌 정도로 무심하다는 의미일 것이다. 나쁘게 말하면, 진화를 하면서 조금도 성장하지 못한 정말 바보 멍청이다. 귀여워라.

페르시안 고양이도 짐승이다. 그럼에도 불구하고 그 자태를 보라. 우아할 것, 마치 그것 말고는 어떤 의무도 없다고 말하고 있는 것 같다. 그렇다, 『나는 고양이로소이다』의 '고양이'는 새하얀 페르시안 고양이를 연상시킨다. 그 압도적으로 뻔뻔함 존재감이라니.

페르시안 고양이는 다른 수많은 고양이 종들 중에서도, 성격상 모든 것을 남의 일 보듯 하는 것 같다. 어느 고양이 카페를 가도 여기저기 들쑤시고 다니는 자기 동료들을 깔보며, 백만 번 죽은 적이 있는 것처럼 초연하게 저 멀리 내일을 향해 앉아 있는 건 페르시안 고양이뿐이다. 사랑스럽다. 자기 몸에 수북이 난 털에도 그다지 관심이 없는 것 같다.

사람은 자기를 사랑해주지 않는 존재를 끝없이 사랑한다. 고양이가 신 같은 존재가 된 것은 우연이 아니다.

실로 현대판 〈로미오와 줄리엣〉이다. 아이스킬로스도 소포클레스도 에우리피데스도 눈물을 흘릴 수밖에 없는 비극. 고급스러운 반려동물 숍의 페르시안 고양이는 오십만 엔이나 한다. 오십만 엔도 없어. 이케부쿠로.* 고양이를 키우게 되면, 고양이를 키우고 싶은 마음을 잃게 될까? 그런 의미에서 나는 고양이를 상대로 진지한 짝사랑을 하고 있는 셈이다.

짝사랑은, 쉽다.
좋아하는 사람을 보고만 있어도 행복해진다. 그러다가도 그가 다른 사람과 알콩달콩한 것을 보면 질투가 난다. 하지만 그날 한 번 눈이 마주친 것만으로 안 좋던 기분은 다 날아간다. 그리고 그다음 날도, 나 혼자 사랑하고 나 혼자 가슴이 찢기고 나 혼자 슬퍼지고 나 혼자 화나고 나 혼자 기뻐하며 잠든다. 누군가를 짝사랑하는 것만으로도 뭔가 근사한 일이라도 한 것 같아진다.

그러나 아무런 대답도 듣지 못한 짝사랑에는 어떤 의미도 없다. 짝사랑하는 대상이 사람이어도, 고양이여도 마찬가지다. 상대가 이미 결혼을 했거나 그에게 연인이 있는 경우도 똑같다. 자신을 봐줄 리 없는 냉정한 상대에게 손을 내밀었다가는 상처를 입는다. 그 애매한 관계의 거리 앞에서 속을 끓이다 밤을 맞이하는

* "오십만 엔도 없어. 이케부쿠로"는 의미 없이 지명을 집어넣은 시이나 링고의 〈마루노우치 새디스틱〉 가사를 빗댄 일종의 언어유희다.

사람이 지금도 어딘가에 있을 것이다. 남자든 여자든 수동적인 사랑은 그만해야 한다.

짝사랑의 밤에는 아무런 보상도 없다. 자위를 몇 번을 해도 허무한 마음은 좀처럼 가시질 않는다. 그럴 바에는 확 저질렀으면 좋겠다. 신은 아무것도 금하지 않았다. 우선은 밤의 사랑을 나눠라. 그러고 나서 생각해라. 더욱더 문제를 복잡하게 꼬아서 어디에나 있는 이야기를 어디에도 없는 이야기로 바꿔버리면 된다. 당신의 이야기는 거기서부터가 시작이다. 나는 고양이를 키우는 것으로 시작하겠다.

섹스와 돈으로, 이 세상 99퍼센트의 문제를 해결할 수 있다고
말하는 사람의 고독에 대해 생각하다.

244

남자 친구, 여자 친구 이런 거 다 의미 없다. 연인이라는 관계에
는 어떤 약속도 없다. 그러니까 결혼에도 별다른 의미는 없다.

장례식은 세상을 떠난 사람을 위한 것처럼 보이지만, 실은 남은
자들을 위한 거다. 거기에는 그래도 의미가 있다. 하지만 결혼식
에는 아무런 의미가 없다. 결혼에 의미가 없으니까, 식에도 의미
가 없는 것은 당연하다.

나는 의미 없는 것들을 좋아한다. 이러고 사는 것은 의미도 이유

도 없기 때문이다. 살아가는 데, 이유나 의미가 뭐 있나 싶다.

결혼은 연애의 무덤이라는 말은 많은 사람들이 인정하는 이야기
이다. 한때 내 눈으로 직접 유령을 보고 싶어서 몇 번이나 아오
야마 공동묘지를 산책한 적 있다. 열아홉 살 때까지 유령을 보지
못하면 영원히 볼 수 없다는 얘기를 들었는데, 결국 유령은 없었
다. 그래도 그 경험 탓에 무덤이 좋아졌고, 시간이 흘러 나는 결
혼했다. 연애의 무덤도 직접 보고 싶어졌기 때문이다. 그것 말고
는 군이 결혼할 필요가 없었다. 결혼을 해도 좋고 안 해도 좋을 때
는 당연히 하는 게 좋다.

의미 없는 일을 못 견뎌 하는 사람이 꽤 많지 않을까? 연애의 의
미를 몰라서 초조했던 적이 한때 있었다. 결혼이라는 게 무얼 의
미하는지, 이 의문은 우리를 늘 따라온다.
그래도 거기에 억지로 의미를 부여할 수는 있다.
결혼은 연애와 그 의미를 비교했을 때, 본질이 드러날 것이다.

연애하는 이유는 둘이 있으면 즐겁기 때문이다. 두 사람의 즐거
움을 최대로 끌어올리기 위해서다.

결혼하는 이유는 둘 중 어느 하나가 아플 때나 가난할 때 그 불행을 최소한으로 줄여주기 위해서다.

연애하는 이유는 상대방의 내면과 외면 모두를 사랑하기 때문이다.
결혼하는 이유는 상대방의 결점도 사랑하고 그를 세상으로부터 지켜주기 위해서다.

연애하는 이유는 만날 약속을 잡기 위해서다.
결혼하는 이유는 만날 약속을 잡지 않기 위해서일 거다.

연애하는 이유는 상대방과 데이트할 특권을 얻기 위해서다.
결혼하는 이유는 상대방과 의미 없이 긴 산책을 나가기 위해서다.

연애하는 이유는 서로를 바라보기 위해서다.
결혼하는 이유는 둘이서 함께 먼 곳을 바라보기 위해서일지도 모른다.

연애할 때는 상대방과 어느 정도 힘겨루기가 필요하다.

결혼하는 이유는 허세도 힘겨루기도 넘어선 곳에서 속마음을 드러내고 싶어서다.

연애하기 위해서는 이유가 필요하다.
하지만 부부는 온갖 이유와 논리와 취향을 초월한 곳에 우뚝 서 있다.

연애 상대를 고를 때는 행복에 대해 얼마나 잘 아는지가 결정적으로 중요하다.
결혼 상대를 고를 때는 지옥에 대해 얼마나 잘 아는지를 중요하게 보는 게 좋다.

연애 이유는 현재, 그리고 아주 가까운 미래를 함께 즐기기 위해서다.
결혼하는 이유는 둘 중 어느 하나가 언젠가 세상을 떠났을 때, 남은 한쪽의 몸과 마음 중 반이 죽어도 계속 살아가겠다고 약속하기 위해서다.

결혼의 의미라는 말은 자칫하면 거칠게 느껴진다. 의미라는 단어를 인간관계에서 쓰다니, 너무 삭막하지 않은가. 거기에는 의미나 이득 같은 것은 없어도 된다. 오히려 의미를 알아내고 싶어 하거나 이득을 얻으려 하지 않기 때문에 두 사람의 관계는 누가 넘볼 수 없을 정도로 단단해지는 것이다.

긴 산책을 나설 때 문득 이렇게 같이 쭉 걷고 싶다는 생각이 들었다면, 그 사람이 맞을지도 모른다. 그런 단순함으로, 삶을 결정해도 된다고 본다.

047

백 년이 지나도
공연되지 못할 각본 한 조각

가로등A   "잊어버리고 싶은 게 아니라, 어떻게 해도 잊을 수 없
는 사람이 있다는 걸 그저 용서받고 싶을 뿐이야."

파리B   "만나든 안 만나든 상처받을 거잖아."

개미C   "이별의 쓸쓸함은 만남에서 오는 상처보다 슬프지 않아."

밤D   "보고 싶단 말을 할 수 있었을 땐 그래도 행복했지."

귀신E   "사랑하는 마음을 시험하지 마."

담배F   "계절 탓도 해보고, 사람 탓도 해보고."

껌G   "불꽃놀이 보러 가자, 언젠가 우리도 끝날 테니까."

실연주의자H와 결론주의자I   "달이 예쁘네요.""외롭다고 말해."

옛 연인J   "네가 누굴 좋아하든 내가 알 게 뭐야."

열쇠K   "아무에게도 말 못 할 관계만이 진실이야. 침대 위에서
만이 진실이라고."

절망L   "둘밖에 모르는 이유로 둘밖에 모르는 곳에서 단둘이."

꿈M   "혜성이 되어서, 내가 좋아하는 사람이 좋아하는 사람
을 죽여버리고 싶어."

교회N과 호텔O   "달이 예쁘네요.""얼른 옷 벗어."

048

달과
별과
플라네타륨 폭발 계획

달과 별을 보면 사진을 찍어서 누군가에게 보내고 싶어진다. 하지만 휴대폰 카메라로는 예쁘게 찍히지 않는다. 근사한 보름달도 렌즈를 거치면 가로등처럼 보인다. 그러니 결국 밤하늘을 혼자서 멍하니 바라보는 수밖에 없다. 내 감정이 갈 곳을 완전히 잃어버린 이 감각이, 나는 참 마음에 든다. 그래서 이렇게 계속 휴대폰 카메라로는 별과 달을 정확하게 담지 못했으면 좋겠다. 정말로 소중한 것은 아무에게도 절대로 못 전해주도록, 앞으로도 휴대폰이 계속 무능한 도구였으면 좋겠다.

어디든 혼자 갈 수 있다는 건 그 자체로 아름답다고 나는 믿고 있다. 고깃집, 노래방, 해수욕, 클럽, 여행, 담력 시험장, 불꽃놀이, 유원지. 나는 이 모두를 작정하고 혼자 가본 적이 있다. 그런데 어떤 이유에서인지 플라네타륨만은 혼자 보러 못 가겠다. 막상 혼자 가더라도 매표소 앞에서 "앗" 하고 혼잣말을 하고는 나도 모르게 뒤로 물러서게 된다.

왜 플라네타륨은 혼자서 보러 못 가는 걸까? 이곳은 누군가 소중한 사람과 함께 와야 한다고, 혼자 여기 들어간다면 무척이나 외롭고 허무할 거라고 줄곧 생각했기 때문일 것이다. 그런 생각을 줄곧 해왔다는 사실이 내가 정말로 외로운 사람이 아님을 깨닫게 해주기도 한다. 천문학적 고독이란, 그것을 느끼고 있든 그렇지 않든 지금 여기 존재한다. 그러니 이제 누군가를 만나러 가야한다고 결심하게 된다.

"내가 고독할 때, 나는 가장 고독하지 않다"라는 말은 키케로가 남긴 경구다. 이 말은 몇 번을 생각해도 소름이 돋는다. 뒤집어 생각하면, 정말로 고독한 사람은 자기가 고독한지 모르고, 외롭다고도 느끼지 않는다는 것이다. 하지만 이건 휴대폰을 한 손에 들고 막연하게 누군가와 연결되어 있다고 착각한 채 잠이 드는 현대인에게도 해당되는 말 아닐까?

제대로 혼자가 되는 순간이 우리의 일상 중에 몇 번이나 있을까?

혼자만의 시간에는 본격적으로 홀로 있고 싶다.

제대로 홀로 있을 수 없는 사람이 어떻게 누군가와 둘이서 살아갈 수 있겠는가?

기억은, 한 번은 잊어야 영원히 기억된다.

잊을지 잊지 않을지는, 결코 스스로 선택하는 것이 아니다.

그리고 이건, 일종의 사치라는 생각이 든다.

049

사랑스럽다고 느낄 수 있다면

모두 연인이다

불꽃놀이를 좋아한다기보다, 불꽃놀이 보러 가자고 약속할 때의 그 달콤한 순간을 정말 좋아한다. 불꽃놀이가 끝난 후 여름의 긴 장례 행렬에 뒤섞이는 서글픔. 불꽃이 하늘로 솟을 때 나는 폭음 탓에 텅 빈 몸을 이끌며 걸을 때, 모르는 마을 뒷골목에 울려 퍼지는 나막신 소리.

그리고 또, 영화를 좋아한다기보다 영화관에 들어가는 순간을 정말 좋아한다.

그 무겁고 새까만 문의 질감. 검붉은색 융단. 영사기 불빛을 받아

반짝거리며 허공에 나부끼는 먼지들.

진실과 거짓. 현실과 가공의 틈. 영화가 끝난 뒤의 긴 복도.

굳이 일부러 영화관까지 가는 것은, 바로 그 순간의 카타르시스를 위한 것 같다.

쇼트케이크를 먹을 때의 사치스러운 행복은 맨 처음 포크를 가져다 댔을 때가 9할 9푼인 것처럼.

영화관에서 틀어주는 예고편도 좋아한다. 왜 돈 내고 예고편까지 봐야 하느냐며 싫어하는 사람도 있지만, 그런 사람은 근본적으로 영화관에 가는 것 자체, 혹은 쾌락을 그저 즐거움으로 받아들이는 태도가 익숙지 않은 사람 같다.

어떤 장면을 미리 보여주고, 어떤 장면을 보여주지 말지, 어떻게 하면 관객을 납득시킬 수 있을지, 혹은 속일 수 있을지. 어른들의 절실한 사정을 꾹꾹 눌러 담은 예고편은 자본주의의 희비극 그 자체다. 웃기고도 슬프다.

누군가와 영화를 보고 난 후 서로 느낀 점을 말하는 것도 재밌다. 받아들이는 방식이 달라도, 같아도 재미있다. 서로의 모든 것을 이해할 수 없다는 사실을 받아들이게 된다. 재미없는 것을 봐도, 재미없었다고 같이 말할 수 있다면 그걸로 땡이다.

연인에 대해 여러 가지로 정의를 내릴 수 있다.
한밤중에 편의점에 같이 아이스크림을 사러 가고 싶은 사람을 연인이라고 하는 사람도 있다. 나에게는 같이 영화관에 가고 싶어지는 사람이 연인이다. 다시 말해 데이트하고 싶어지는 사람, 언젠가 헤어질 날이 되도록 먼 훗날이기를 바라는 사람이다. 고백하니까 받아주는 사람이 연인이라고 생각하지 않는다. 서로 마음이 통하지 않아도, 사전의 정의처럼 사랑스러움을 느낄 수 있다면 모두 연인이다. 그건 꼭 한 명이 아니어도 괜찮다.

그리고 영화 같은 사랑에 빠지지 않는 우리를, 나는 굉장히 사랑한다.

그 실연은, 영화나 소설이나 시, 트위터 멘션이 되지 않기를.
신화나 별이 되지 않기를.
단지 우리의 뒷모습을 아름답게 만들어주기를.

050

연인의 존재를 온 세상에 과시하고 싶어 하는 사람들이 있다.

인스타그램, 페이스북, 트위터에서도 그렇다. 연인의 얼굴을 프로필 사진으로 하고 그와 어디서 무얼 먹고 무얼 했는지 낱낱이 쓴다. 서로 얼마나 사랑하고, 애인 때문에 얼마나 불안한지도 하나하나 기록해서 주위 사람들에게 보여준다.

꼭 젊은 사람들만 그러는 것은 아닌 듯하다. 요즘에는 야외에서 연인들의 스냅 사진을 찍어주는 프로 사진가까지 등장했다고 한다.

솔직히 별로라는 생각이 드는 건 나뿐인가?

남들 앞에 사랑을 과시하는 게 과연 로맨틱한 연애인지 잘 모르겠다.

연애란, 비밀스러우며 고독하고, 절망적이고 긴장과 비애가 넘치고 온데간데없고, 그래서 야하고 로맨틱한 것이라고 생각해왔다.

만약 연인이 연애를 밝히고 싶지 않아 한다면 물론 신경 쓰이는 게 정상이다. 상대방이 자기 친구에게 당신을 소개해줄 마음이 없어 보인다면, 꽤 위험하다는 신호다. 그 사람은 당신과 평생을 함께할 마음이 없는 것이기 때문이다. 하지만 그건 그거고, 이건 이거다. 전혀 다른 문제다.

서로 사랑하는 노부부가 남들한테 해줄 말은 그리 많지 않다.

남에게 과시하고 싶은 것들은, 대개 자기한테 없는 것들이다.

누가 자꾸 지난밤에 사랑을 나눈 이야기를 하거나 애인을 자랑한다면, 나는 그것이 "우리는 서로 사랑하지 않는 것 같다"는 내재된 불안을 드러내는 것이라는 의심이 든다. 그 불안을 없애기 위해 손목시계나 목걸이, 반지처럼 진부하고 대체 가능한 액세서리의 감각으로 연인의 사진을 찍고 글을 써서 불특정 다수에게 공개하고 인정받으려 하는 것이다.

내 눈에는 이런 태도가 너무나 경솔하고 헤퍼 보인다.

사실 남자 친구, 여자 친구라는 단어부터가 너무 가볍다고 생각한다.

과시하다보면 그걸로 그 사람이 당신의 연인이라는 사실을 인정해주는 사람도 있을 것이다. 하지만 남에게 인정받아야만 안심할 수 있다면 그게 진짜 사랑인지 다시 한 번 생각해봐야 한다.

나한테만 보여주는 모습인데, 그걸 그렇게 쉽게 여러 사람에게 보여줘도 괜찮은가?

연인들은 두 사람끼리 있으면 된다. 그렇게 아무도 없는 밤에, 아무도 모르는 곳에서, 아무도 알아듣지 못하는 말로 킥킥거리고, 가끔 다투기도 하며, 아무에게도 말 못 할 짓을 단둘이서 하면 된다. 그리고 세상 사람들을 뒤로하고 어딘가로 온데간데없이 사라지면 되는 거다. 더 이상 아무도 따라잡을 수 없는 속도로, 고독한 단 두 사람이 되는 거다. 좋고 싫고도 초월한, 영원의 존재가 된다면 그들의 귀에는 서로의 목소리만 들릴지도 모른다. 마치 한창 청춘일 때는 청춘이 뭔지 모르는 것처럼.

마지막으로 한마디 더 보탠다면, 과시하는 것은 하나도 로맨틱하지 않다. 로맨틱하지 않은 것은 전부 다 거짓이다.

행복한 사람은, 행복하다고 말하지 않는다.
진심으로 서로 사랑하는 사람이, 그걸 남에게 말하지 않는 것과 마찬가지다.
누군가와 사귀고 있다는 사실을 모두에게 알려야 속이 시원한 사람은,
그렇게라도 하지 않으면 견딜 수 없을 만큼 불안한 거라고 생각한다.
누군가에게 화를 내는 사람도 그렇다.
누군가에게 말하고 싶어하는 사람도 그렇다. 불안한 거다.

266

얼마나 많은 말을 나눴는지보다

얼마나 많이 실제 행동으로 보여주었는지를.

얼마나 여러 번 전화해주었는지보다

얼마나 많이 만났는지를.

바빠 죽겠어서 도무지 틈이 없을 때에도

아무리 그래도 기다리게 하고 싶지는 않다고 생각하는지를.

얼마나 많은 사치와 행복을 알고 있는지보다
얼마나 많은 지옥과 불행을 알고 있는지를.

평소에 얼마나 멋있는 척하고 싶어 하는지보다
언제 멋있는 척을 그만둘 생각을 하는지를.

얼마나 좋은 레스토랑을 알고 있는지보다
얼마나 오랫동안 같은 가게를 다녔는지를.

얼마나 이성에게 인기 있는지보다
얼마나 옛 동성 친구들을 소중히 여기는지를.

얼마나 많은 사람을 경험했는지보다
얼마나 깊이 한 사람을 계속 사랑했는지를.

얼마나 일을 열심히 하려고 하는지보다
얼마나 일 이외의 것도 열심히 하려는지를.

공학 출신들과 비교했을 때 여학교나 남학교 출신들의 초기 연애 성적은 압도적으로 형편없다.

비참할 정도로 형편없다. 그들의 첫사랑으로 말할 것 같으면 처음부터 끝까지, 무지와 경험 부족으로 인해 비참한 결말에 이른다. 향수를 너무 뿌리고, 왁스를 너무 바르고, 입술도 너무 바르고, 거울도 너무 보고, 멋있는 척도 너무 많이 하고, 섹스에 대해 아는 척도 너무 많이 하고, 귀여운 척도 너무 많이 하고, 쿨한 척도 너무 많이 하고, 질투도 너무 많이 하고, 구속도 너무 많이 한다. 아니면 반대로, 이 모든 것들을 너무 안 한다. 그 사례들을 일

일이 다 열거할 수도 없을 정도다.

결과가 어찌되었든 그들은 사랑을 얻기 위해 필사적이었다.

예전에 조류 인플루엔자가 심하게 유행했을 때 닭들이 많이 죽었다는 뉴스를 보고, 어쩐지 당장 내일이라도 이 세상이 끝날 것 같아서 첫사랑에게 전화를 걸어 "너 절대로 죽으면 안 돼"라며 울먹인 적이 있다. 그녀는 "넌 너무 부담스러워"라며 기가 막혀했다. 그런 전화를 받고 경악스러웠겠지만, 나 역시 그녀를 이해할 수 없었다. 왜 이 마음을 몰라줄까, 여린 마음으로 그런 원망을 했었다.

아직도 머릿속에 맥없이 죽어버린 닭들의 잔상이 그 시절의 사랑과 함께 떠오른다.

무엇을 부담스럽다고 느끼는지는 매우 개인적인 문제다.

마음을 표현하는 사람은 자신의 마음을 있는 그대로 보여준다고 생각하지, 상대방이 부담을 느낄 거라곤 생각하지 않는다. 어느 정도 무게를 잡고 진중한 태도를 보이는 것이 예의라고도 생각한다. 그렇지 않으면 실례인 줄 안다.

하지만 상대의 심정을 제대로 헤아리지 못하는 그런 태도는 의

존에 가깝다고 할 수 있다.

상대방을 우선하는 것이 사랑이라면, 자기를 우선하는 태도는 의존이다.
상대의 기분보다 자신의 쾌락을 우선 순위에 놓았기 때문에 상대는 부담을 느낀다. 걱정하는 쾌락, 질투하는 쾌락, 상대의 말과 행동에 제멋대로 상처 입는 쾌락이 가장 먼저였던 거다. 멋대로 좋아하고 멋대로 착각해서 상처받는 일은 상대에겐 하나도 고맙지 않다.

사람이 누군가와 사귀는 이유는, 즐거워지기 위해서다. 즐기는 일 말고는 아무런 의무도 없다. 좋아하는 사람이 있다면 그와 자신의 쾌락을 최대치로 끌어올려야 한다. 가끔은 상대방의 쾌락을 최우선으로 해야 한다. 그것보다 중요한 일은 아무것도 없다.

연인 사이든, 친구 사이든 인간관계에서는 분명 가벼운 정도가 딱 좋다.
이 사람이 진짜로 날 좋아하는지 아닌지 확인할 수 없는 정도가 딱 좋다.

사람들은 흑인지 백인지 확인할 수 없는 것을 계속해서 좇을 수밖에 없다.

관계에 무게감이 필요할 때에는 알아서 무거워진다. 하지만 그런 진지함이 필요할 때는 아주 가끔이다. 그리고 무게를 잡으려 애쓰다가 부담스러워진 상대방을 보고 웃으며 사랑할 수 있다면, 그게 제일 바람직한 사랑이다.

장거리란 어느 정도의 거리를 말하는 걸까?

한 정거장 떨어져 있으면 가까운 거리다. 막차를 놓치지 않고선 못 만날 정도로 멀리 산다면 그건 장거리일지도 모른다. 현이나 국경을 넘어야 만날 수 있다면 장거리일까? 매일 얼굴을 마주하면서도 한 번도 얘기할 기회가 없다면, 그거야말로 장거리라고 할 수 있지 않을까? 언젠가 헤어질 거라고 서로 확신하면서도 끝이 올 때까지 그냥 함께 있는 경우는 장거리라고 하기 어려울까? 아니면 둘 중 한 명이 세상을 떠났을 경우, 그것도 장거리가 될 수 있을까?

나는 비행기를 못 탄다.

지독한 비행기 공포증이 있다. 그 거대한 쇳덩어리가 어떻게 둥실둥실 하늘을 나는지 아직도 그 원리가 이해가 안 간다.

그래서 여행을 할 때는 육로나 바닷길로 갈 수 있는 곳만 간다. 도쿄에서 오키나와에 갈 때도 우선 신칸센으로 고베까지 간 뒤, 고베 항에서 모지 항까지 페리를 탄다. 가고시마까지는 버스를 탄다. 그런 과정을 거쳐 두 번째 배를 타고 오키나와로 간다. 이 여정은 꼬박 닷새가 걸렸다. 그러고 다음 날 도쿄에 꼭 돌아와야 할 일이 생겨, 순순히 비행기를 타고 말았다. 태어나서 첫 비행이었다. 오키나와 공항에서 훌쩍훌쩍 울고 있는 사람을 본 적이 있다면, 그게 바로 나다.

처음 비행기를 타고 깜짝 놀랐다. 백 시간 넘게 걸렸던 나의 여정이, 비행기로는 단 세 시간이면 해결되었다.

오키나와와 도쿄 사이에는 수많은 마을이 있다. 생활과 역사가 있다. 애틋한 정이 있다. 비애가 있다. 그 위를 고작 세 시간 만에 통과해도 될 리가 없다. 하네다 공항 터미널 벤치에서 나는 진지한 얼굴로 멍하니 있었다. 현대인들에게는 정녕 이것이 당연한 일이란 말인가.

하지만 어쨌든, 이것만은 분명 확실하다.
장거리라는 것은 존재하지 않는다.
그러니까 장거리 연애도 당연히 없다. 거리라는 것은 변명에 지
나지 않는다. 물리적으로 떨어져 있다는 건, 요즘 세상에 아무런
의미가 없다.

정말로 만나고 싶은 사람이라면 단 한 시간 만나기 위해 먼 길을
떠날 수 있다. 만나고 싶은 사람이 아니라면 1초도 보기 싫다. 바
쁘다는 핑계로 못 만나겠다고 한다면, 그건 아마도 당신을 좋아
하지 않는 것이다. 아무리 바빠도 좋아하는 사람에게는 어떻게
든 시간을 내서 만나러 온다. 그것보다 더 중요한 일이 있을 리
없다. 한 번 거절했다고 다음 만날 기회를 만들려고 하지 않는다
면, 그건 결정적으로 당신을 좋아하지 않는다는 증거다.

장거리 연애를 지속하는 비결은 뭘까?
여러 사정 때문에 만날 수 없는 두 사람이 있다.
너무나도 보고 싶은 사람을 볼 수 없을 때 해야 할 일은 그의 부

재를 그대로 인정하고 사랑하는 일인 것 같다. 그 사람의 부재로 이렇게나 외롭지만, 그것마저 그가 내게 준 선물이라고 당당하게 받아들일 수 있을까? 그런 슬픔의 바닥에서 혼자 행복하게 사는 사치를, 스스로 얼마만큼 찾을 수 있을까? 그게 가능하면 거리 따위 이제 겁나지 않는다. 갈 사람은 원래부터 언젠가 가버릴 사람이었던 거다.

둘이서 장거리 연애를 끝낼 계획을 짜는 것은, 언젠가 눈부신 추억이 될 것이다.

절대로 의심하지 말아야 할
한 가지

몰랐으면 좋았겠다고 생각하면서도 모른 채로 살았으면 과연 행복했을지를 따져보면 꼭 그렇지도 않을 것 같은 일이 있다. 그 대표적인 예가 "애인의 휴대폰을 훔쳐봤더니 몰래 바람피우고 있더라"는 이야기다.

휴대폰을 훔쳐봤더니 그 둘의 사이가 명백하게 가깝다. 하지만 "휴대폰을 봤어, 너 바람피우지, 빠짐없이 다 불어"라고는 말할 수 없다. 이대로 모른 척 봐줄 수도 없다. 뭘 어떻게 해야 할지 모르겠다. 이와 같은 일은 지금 이 순간에도 어딘가에서 현재진행

형으로 벌어지고 있을 것이다.

상대에 대한 확신이 부족하기 때문에 질투와 구속이 심해지게 된다. 이와 같은 의심이 대성공을 거두어 바람의 증거를 찾아내고야 마는 경우도 있다. 그러나 그 사람은 사귀는 상대만큼이나 스스로에게도 믿음이 부족한 게 아닐까.

확신이 부족한 사람은 예리한 감으로 상대의 잘못을 들춰내려 한다. 그러나 상대가 자신을 향해 예리하게 파고드는 의심을 알아차리지 못할 정도로 둔하다고 생각한다면 큰 오산이다. 나의 감이 삐비비비빅 하고 작동할 때, 상대 역시 그 진동을 감지하고 있다는 사실을 알아차려야 한다.

의심받고 기분 좋을 사람은 없고, 안 피곤할 사람도 없다. 그렇게 해서 다른 사람과 연락을 주고받게 되는 것이다. 결정적인 의심의 칼날을 눈앞에 마주한 사람에게는 더 이상 도망칠 곳이 없다. 지난번이 잠깐의 실수였다면 이번에야말로 돌이킬 수 없는 관계로 빠져들게 된다.
휴대폰을 훔쳐봤기 때문에 바람피운 것을 알게 된 것이 아니다.

휴대폰을 몰래 봐야만 했던 사랑이, 바람이 피어나도록 만든 것이다.

나는 항상 나의 연인이 바람을 피울 경우를 대비하고 있다. 아무리 사귀는 사이여도 함께 있는 시간 이외에 어디서 누구와 무엇을 하고 있는지 알 수가 없다. 그런 걸 아는 것도 이상하다. 하지만 정해놓은 것이 딱 하나 있다.

의심하지 않기다. 무얼 의심하지 않느냐고? 나의 연인은 절대로 바람피우지 않을 거란 얘기도, 내가 사랑받고 있다는 확신도 아니다. 내가 그를 사랑하고 있다는 사실만큼은 절대로 의심하지 않는다는 말이다. 반대로 여기에 의심이 생기면 그땐 헤어질 수밖에 없다고 본다.

연인이 바람을 피우면 조금은 눈물이 날 것 같다. 상처도 많이 받을 것이다. 하지만 그래도 괜찮다.

결국 마지막에 내 품으로 온다면 하루 이틀 정도 나에게서 한눈을 팔더라도 괜찮을 것 같다. 이제 다시는 내게 돌아오지 않는다면, 처음부터 분명 내 사람이 아니었던 거다. 그러니 다른 무엇보

다도 내가 누군가를 사랑하고 있다는 사실에 믿음을 잃지 않도
록 하자.

옛 연인과 헤어져도 시간이 충분히 흐른 뒤 다시 만나서
친구로 돌아갈 수 있었다는 얘기가 정말 부럽다.
그때 둘 다 참 바보 같았다고 얘기할 수 있는 것도 부럽다.
나는 그런 어른이 될 것 같지가 않아서.
다시 만나는 것도 다시 만나지 않는 것도 둘 다 틀린 게 아니라고 믿고 싶다.

모든 것을 알려고 하다가 앞으로 고꾸라지지 말 것.

아직 모르는 상대방의 모습을 찾아낸 다음 기뻐할 것.

귀여운 척 말고는 괜한 척하지 말 것.

가끔은 둘이서 약간의 낭비를 할 것.

싸운 다음에는 초콜릿이나 하겐다즈를 줄 것.

싸운 날에는 그것을 주기로 하자고 말로 할 것.

말하지 않아도 알 거라고 생각하지 말 것.

무엇 하나 기대하지 말 것.

좋아하는 이유도 싫어진 이유도 없는 상태를 유지할 것.

이유도 없고, 이 관계에 이름 붙이지 못해도 계속 견뎌낼 것.

호불호 따지면서 사는 건 이제 그만할 것.

호불호를 뛰어넘은 자리에 상대방을 계속 놓아둘 것.

언젠가 시시한 이유로 헤어지게 될 거라고 매일 밤 생각할 것.

그러니까 그와 함께 무엇을 할지 계속 생각할 것.

아무것도 안 하는 시간조차 소중히 여길 것.

그게 가능한 상대방을 만났다는 것을 다행이라고 생각할 것.

넋두리, 스트레스, 가난, 무엇이든

언제나 농담으로 주고받을 것.

매분 매초 사랑한다고 느낄 필요는 없다고 생각할 것.

우연히 마주하는 사소한 사랑스러움만 믿을 것.

서로 사랑에 빠지는 일 따위 존재하지 않는다는 것을 알아둘 것.
짝사랑이 두 개 있을 뿐이라는 사실을 알아둘 것.

둘 중 한 명이 가끔 나에게서 눈을 돌려도,
그래도 다시 돌아오고 싶게 만드는 내가 될 것.

둘이 같이 있지 않으면 심심해하는 사람이 되지 말 것.
혼자 있어도 행복해질 방법을 알고 있을 것.

언젠가 죽는다는 것에 몇 번이고 절망할 것.
죽은 다음에도 남을 것을 계속해서 전해줄 것.

그리고 이 모든 것이 의무가 아니라는 것을 알고 있을 것.
행복을 최대화하고 불행을 최소화하며, 가끔 산책도 할 것.

예전에 신주쿠 니초메*에서 어느 레즈비언이 내게 동성애에 대해 어떻게 생각하는지를 물었다. 똑같은 질문을 게이에게서 받은 적도 있다. 그들은 질문하면서 쭈뼛거리지 않았다. 나를 시험하듯 몰아세우는 태도로 말했다. 솔직히 나는 쓸데없는 질문이라고 생각했고 질문을 한 그 사람에게도 그렇게 답했다.

그런 질문은 혈액형이 A형인 사람에 대해 어떻게 생각하느냐는

* 도쿄 신주쿠의 지역 이름. 게이 타운으로도 알려져 있다.

것이나 왼손잡이에 대해 어떻게 생각하느냐는 질문과도 비슷하다. 하늘은 파랗고 장미는 빨갛다. 그리고 동성애자는 당연히 있다. 당연히 존재하는 것에 내가 덧붙여야 할 말이 있을 리 없다.

남들이 어떻게 생각할까 일일이 신경 썼다가는 끝이 없다. 그럴 만큼 사람들은 남의, 즉 당신의 인생에 관심이 없다.
그래도 세상은 딱 한 명의 이성을 영원히 사랑한다는 이야기를 좋아할 것이다. 이에 대해 생각하는 바를 말해보겠다.

두 명 이상을 동시에 좋아하는 것에 대해 어떻게 생각하냐고, 쭈뼛거리며 묻는 사람이 요즘에도 있다. 한 사람을 선택하고 싶은데 도저히 못 고르겠다는 것이다.
여기에는 중대한 착각이 있다. 한 사람을 꼭 골라야만 한다는 생각은 본인의 생각이 아닌 세상의 생각이다. 동시에 두 명 이상 좋아하면 안 된다고 누가 정했는가? 서로 다른 사람을 서로 다른 방식으로 동시에 사랑한다고 해서 뭐가 나쁘단 말인가? 나는 자유연애 혹은 LGBT라는 말 이상으로 폴리아모리라는 말이 널리 퍼져야 한다고 생각한다.

바람이나 불륜 같은 단어가 각양각색의 상황을 병적으로 단순하게 만들려고 한다. 그런 의미에서 진부한 통념에 갇혀 사는 세상 사람들은 늘 적이다.

아니면.
영원히 한 사람을 좋아하려면 어떻게 해야 되는지 고민하는 사람도 있다. 이런 고민은 제일 보편적인 것일지도 모른다. 꼭 그래야만 한다는 의무는 처음부터 없었는데 말이다.

언젠가 헤어지겠지. 하지만 오늘은 아니다.

그거면 됐다.
다음 달 둘이서 삿포로로 라멘을 먹으러 가려고 여행 계획을 세웠어도 바로 내일 둘 중 하나가 황당한 교통사고로 그 자리에서 즉사할지도 모를 일이다. 하지만 그런 일은 분명 오늘은 일어나지 않을 것이다. 바람이 조금 세게 불거나 왼쪽 귀가 갑자기 아파왔다는 그런 말도 안 되는 이유로 사랑이 식게 될지도 모른다. 하지만 아마도 그런 일은 오늘 일어나지 않는다.

쭉 계속되는 건 세상에 없다. 그러니까 지금 현재가 신나고 애절하고 영원한 것이다. 보석을 다루듯 아주 소중하게 자기 고민을 감싸 안으며 한없이 쓰다듬고 있는 사람이 있다. 하지만 대부분의 고민은 길거리에서 나눠주는 티슈와 똑같다. 세상이 내게 쥐어준 잡동사니 같은 거다. 누군가가 이미 고민을 끝낸 문제를 가지고 골머리를 썩이는 짓은 멍청이나 하는 거다. 그런 잡동사니 같은 것을 위해 굳이 시간을 쪼개 고민할 필요는 없다. 고민을 전혀 안 할 수는 없어도, 필요 이상으로 고민하지 않는 것은 얼마든지 할 수 있는 일이다.

집에 들어갈 때까지가 소풍, 결점을 사랑할 수 있을 때까지가 애정,
다시 의뢰를 받을 때까지가 일, 잊어버렸던 것을 잊어버릴 때까지가 추억,
그 사람의 향기를 더 이상 사랑할 수 없어지면 이별하기 딱 적당한 때,
상처를 받지도 주지도 못하게 됐을 때까지가 실연.

실연이 슬픈 이유는, 이별은 5초도 안 되는 짧은 순간에 이루어
지지만 그 후폭풍은 5초로는 끝날 생각도 않기 때문이다. 잘못했
다간 5년도 끌 수 있다. 그리고 서로가 살아 있는지조차도 모르
게 된다.

이별은 계속된다. 실연에 종점은 존재하지 않는다.
상대의 행복을 빌게 될 수 있을 때가 비로소 실연의 끝이라고 말
하는 사람도 있다.
하지만 우리는 예수님도 아니고 부처님도 아니다. 헤어진 연인

의 행복을 어떻게 빈단 말인가?

옛 연인이 조금 불행했으면 좋겠다고 말하는 사람 말고는, 나는 신뢰하지 않는다.

실연당하면 어떻게 해야 할까? 무얼 해야만 할까? 내 이야기를 해보겠다.

선술집이었다. 친구가 잘난 얼굴로 좋게 생각하라고 같잖은 위로의 말을 꺼내자, 나는 그 얼굴에 하이볼을 쏟아붓고 싶었다. 그럴 때는 너 나 할 거 없이 앞뒤 분간도 안 되는 법이다.

반드시 깔끔하게 잊고야 말겠다는 결심을 하고, 쓰타야 서점에 가서 〈이터널 선샤인〉 DVD를 빌렸다. 케이트 윈슬렛의 푸른 머리카락이 헤어진 연인의 휴대폰 색깔과 똑같았다. 〈블루 발렌타인〉을 빌렸다. 그러고 보니 헤어진 연인과는 잠자리에서 참 삐걱거렸다. 〈사랑도 통역이 되나요〉를 보니 그 사람이 떠올랐다. 무얼 봐도 그 사람이 떠올랐다. 세상이 그렇게 만들었고, 나도 그렇게 생겨 먹었다. 무얼 읽어도 무얼 들어도 어딜 걸어도 다 똑같았다.

그래서 잊고야 말겠다는 다짐을, 좋게 생각하려는 결심을, 깨끗하게 포기했다.

우리는 세계사 시간에 배운 쓸모없는 연호나 고전 문학 시간에 외운 쓸모없는 단어의 뜻도 어지간해서 잊지를 못한다. 특히 1980년대 전후에 태어난 사람들이라면, 한번 외운 전화번호 한두 개는 아직도 기억하고 있지 않을까?

그런 것들 전부 다, 잊지 않아도 괜찮다. 잊는다면 실례인 거다. 그때 당시 가질 수 있었던 모든 감정을 상대방에게 다 쏟으며 살아온 나 자신에게 실례다.

이왕 생긴 상처, 달고 살면 된다. 좋게 생각할 필요도 없다. 기운이 다 빠질 때까지 늘어져보자. 끝까지 상처 입어보자. 그러다 보면 축 늘어진 내 모습에 언젠가 싫증이 날 때가 올 것이다. 그때 훌쩍 밖으로 나가자. 마치 교통사고처럼 갑작스럽게 누군가를 만날 것이다. 정신 차리고 보면 또 '속으면 뭐 어때' 라고 생각할 수 있는 날이 올 것이다.

무언가를 잊어버리는 방법이라니, 딱한 소리다. 완전한 난센스다. 실연을 잊을 방법은 없다. 아주 조금 옅어지게 만드는 방법은 있을 것이다. 하지만 마지막에는 결국 받아들이는 수밖에 없다. 잊으려는 노력을 하지 않고 시간과 우연의 힘으로 극복하는 것이다. 허들을 뛰어넘지 않고, 허들 아래로 기어서 통과하거나 그럴 것도 없이 그냥 쓰러뜨리고 나아가면 된다.

이렇게 증오할 만큼 사랑할 수 있었다는 사실에 감사하며, 나는 오늘도 헤어진 연인이 조금 불행하기를 바라고 있다.

섹스라는 판도라의 상자를 열어 온갖 재앙이 세상 밖으로 나왔
다. 남편의 그것이 안 들어간다는 문제부터, 이제 아내를 봐도 서
지 않는다는 문제까지. 그 밖에도 바람, 불륜과 같은 개인적인 사
생활부터 유흥업, 성범죄, 포르노, 낙태, 성병, 저출산 혹은 인구
과잉이라는 전 세계적인 문제까지.

그래도 판도라 상자의 구석에 여전히 딱 하나 고독하게 남아 있
는 문제가 있다. 바로 섹스 파트너다.

좀 더 쉽게 이야기해보겠다.

예수 그리스도와 그 제자들이 가부키초를 걷고 있었다. 그때 영화관 앞에서 한 여자가 목만 내놓고 땅에 묻혀 있는 것을 보았다. 군중들은 그녀의 얼굴에 돌멩이 따위를 던지고 있었다. 제자들 중 한 명이 무슨 일이냐고 묻자 군중 중 한 명이 "이 여자에게는 섹스 파트너가 있다"고 말해주었다. 예수 그리스도는 "할 수 없군. 하던 것을 계속하여라"라고 탄식한 뒤 이렇게 덧붙였다. "단, 섹스만 할 수 있다면 뭐든지 하겠다는 생각을 한 번도 한 적 없는, 결백한 자만이 이 여자에게 돌을 던져라."

그러자 군중들은 망설이며 결국 한 사람 한 사람 자리를 떠났고, 예수 그리스도는 가부키초의 러브 호텔 거리로 유유히 사라졌다. 여자는 땅에 묻힌 채 아무도 모르게 죽어갔다. 그 여자의 이름을 아는 사람은 아무도 없었다.

서론이 길었다.

섹스 파트너를 평소 다섯 명 이상 거느리고 있느라 바쁜 밤 생활을 즐기고 있는 친구한테 섹스 파트너란 무엇인지 물어보니 단번에 '남녀 우정의 최종점'이라는 대답이 돌아왔다. "그럼 섹스 파트너에서 연인으로 발전되는 일도 있어?"라고, 전국의 섹스 파트너들을 대표해 내가 물었다. "그럴 가능성은 내 머리 위로 혜성이 떨어질 확률보다 낮지" 또는 "팔꿈치가 내 턱에 붙을 가능성보다 낮지"라는 식의 부정적인 답변을 들을 것이라고 예상했으나, 뜻밖에도 그의 답변은 "있어"였다.

"있어. 근데 그건 뭐, 그쪽이랑 내 기분에 달린 거야."
아, 그렇구나. 기분을 이길 수 있는 건 이 세상엔 없다.

그건 그렇고, 상대와 진지한 관계로 발전하고 싶은 섹스 파트너들이 자주 하는 말이 '같이 밤을 보내버리면 연인이 될 수 없다'며 '남자는 모두 잠자리만 원하는 존재'라고 결론 내리는 것이다. 이것은 정말이지 패배자의 변명이자 현실도피에 지나지 않는다. 남자들이 잠자리에 혈안이 된 건 맞지만, 같이 밤을 보냈어도 연인이 되는 일은 분명 있다.

진실은 이렇다. 육체적 매력뿐 아니라 다른 방면에서도 진정한 매력을 갖춘다면 어떻게 해서든 남녀에 상관없이 누구든 필요로 하는 사람이 된다. 그저 육체적인 쾌락만을 원했으니까 시작하지 않았으면 끝나지도 않을 관계에 빠져버린 것이다. 남 탓을 하고 싶다면 그렇게 하면 된다.

사랑받고 있다는 확신만큼 사람을 잔혹하게 만드는 것도 없다. 밤중에 불러내면 곧바로 나가거나 상대가 갖고 싶어 하는 것을 바로 내준다. 미움받기 싫다는 마음 하나로, 연인이 되고 싶다는 마음 하나로, 몸도 마음도 다 바친다. 바로 거기에 커다란 실수가 있다.

줬으면 이제는 빼앗을 수밖에 없다. 빼앗기 위해서는 사랑해서는 안 된다.
사랑하지 않는 척했을 때 비로소 사랑을 얻을 수 있다.

`

밴드 뮤지션, 바텐더, 헤어 디자이너는 '헤어지는 게 나은 사람'
이라며 자주 공격받는 직업군이다. 이유는 가지가지인데, 꿈을
좇는 사람이니까 그냥 놓아주라는 설, 인기가 많으니까 놓아주
라는 설, 박봉에 바쁘기까지 하니까 데이트할 시간도 없다는 설
등이다. 여기에 도박을 좋아하는 노름꾼, 폭력 성향이 있는 과격
한 운동 선수, 유흥업소나 술집의 웨이터 역시 '애초에 만나면
안 되는 사람'이라고 여겨진다.

자, 그렇다면 이들 중 제일 위험한 직업은 무슨 직업일까? 아니,

지금 이걸 토론하자는 게 아니다.

'헤어지는 게 나은 사람'이라는 게 도대체 뭐길래 어떤 사람들은 불명예스러운 편견의 시선을 감당해야 하는 걸까? 백 번 양보해서, 정신적으로 불안정한 심신장애자는 누군가에게 애초에 만나면 안 되는 사람이 될 수도 있다. 그러나 생각해보면 둘 중 하나가 안정된 상태라면 다른 한 명이 불안정하더라도 어려움을 잘 헤쳐 나갈 수 있을 거다.

헤어진 연인의 욕을 하고 다니는 사람만큼 한심한 사람도 없다. "네가 선택한 사람이잖아"라는 비난을 피할 길이 없기 때문이다. 결국 자기 얼굴에 먹칠을 하는 꼴밖에 안 된다.

이런 사람은 연애를 하면 상대에게 상처만 줄 뿐이라며 공식처럼 알려진 유형이 있다. 많은 사람들이 그런 말장난에 공감하며 너도 나도 "저 사람은 연애를 하면 안 돼"라고 욕하는 분위기가 만들어진다. 누구보다 연인에게 충실한 사람도 그 유형에 속한다는 이유로 상대에게 의심부터 받는 경우가 있다.

그런 뜬소문이 정설처럼 퍼지게 된 이유는 단순히 가십을 떠들어대기를 즐기는 사람이 헤어진 다음에 아무렇지도 않게 전 애인 욕을 하고 다녔기 때문이다. 그렇게 남 욕을 즐기는 사람들이 이별 후에 이런저런 직업을 가진 사람이랑은 연애하면 큰일 난다는 얘기를 퍼뜨리고 다닌 것이다. 이렇게 직업 차별에 가까운 정보를 발설하는 사람을 나는 도저히 신뢰할 수 없다.

그리고 '헤어지는 게 나은 사람'에 해당하는 사람을 어디선가 만나게 되어, 어떻게 해야 할지 진심으로 고민하는 사람에게 말하고 싶다.

"당신 앞으로 아무하고도 사귀지 마. 그 사람한테 실례야. 남의 가치관이나 뜬소문에 의존해서 연애하는 사람을 어느 누가 만나겠어? 그러면 당사자가 너무 불쌍하잖아.
연애의 예의에 관한 이야기를 읽거나 들어서 바른 연애가 하고 싶은 거면, 이미 오래전에 딴 사람들이 다 해봤으니까 당신까지 그럴 필요는 조금도 없어. 애당초 그런 거 읽고 찾아 듣고 연애하려면 굳이 자기의 인생을 사는 의미가 없잖아. 설사 실수를 하더라도 당당하게 내가 선택하는 게 사랑이야. 그걸 못 하겠으면 관둬. 평생 헤어진 사람 욕이나 하고 다녀.

만약 그래도 다음 단계로 가고 싶다면 그땐 제대로 혼자서 연애하라고.

이대로 상대방과 관계를 지속했다간 자기가 죽을 거 같으면 죽기 조금 전에 끝내면 돼. 누가 무슨 말을 해도 내가 옳다고 생각하는 건 죽어서라도 지켜야지. 남들한테 휘둘리면 안 돼.

혼자서 연애해. 그리고 혼자서 실연해."

060

돈,

자유,

그리고 고양이를 기르는 일

사랑은 돈이 안 된다. 하지만 돈은 사랑이 된다.

소중한 사람이 정말로 곤경에 처했을 때 진정한 도움을 줄 수 있는 방법은 다음의 세 가지밖에 없다. 그 문제를 해결할 수 있는 전문가를 소개시켜주는 것, 힘든 얘기를 그저 계속 들어주며 공감해주는 것, 아니면 일정 금액 돈을 모아 전해주는 것이다.

셋 중 어느 하나 쉬운 것이 없다.

특히 마지막 세 번째 방법은, 상대방과 나의 오랜 관계를 모래성처럼 무너뜨릴 수도 있다는 각오를 해야 한다.

상대방도 그럴 각오로 부탁하고, 나 역시 그럴 각오로 답을 주어야만 한다. 처음부터 돈 이야기가 오갈 필요 없는 관계가 제일 바람직하지만, 현실은 다르다. 아플 때나 가난할 때나 사랑할 것을 맹세하겠느냐고 먼 옛날부터 결혼 서약을 시켜온 이유는, 그보다 더 먼 옛날부터 최악의 사태가 일어날 수 있다고 내다봤던 것이며, 실제로 그런 일이 일어났기 때문이다.

그 어떤 아름다움도, 돈 앞에서는 이길 수 없다.

마음껏 노는 데에 쓸 돈이 없다는 말은, 지금은 노는 것보다 돈을 버는 데 집중해야 한다는 의미다. 단순하다. 언제까지고 수중에 있는 돈이 백만 엔 정도거나 그보다도 적다면, 갑자기 병에 걸리거나 사고를 당했을 때 그 사람의 생활은 다시 일어서기 힘들 정도로 어려워질 것이다. 그런 경제적 공포로부터 벗어날 수 없다면 일을 한다고 해서 자립을 한 것이 아니다.

무슨 일이 생기더라도 살아남을 수 있는 돈이 수중에 있을 때, 비로소 자립한 것이다.

연봉은 유동적이지만, 거기서 몇 퍼센트나 따로 저금할 수 있는가는 고정적이다. 그리고 저금할 수 있는 양을 늘리는 것이 안정적인 미래를 위해 도움이 된다.

내킬 때 언제라도 돈가스를 먹을 수 있는 상황이 시간과 정신적 여유의 증거인 것처럼, 언제라도 백만 엔을 준비할 수 있는 것은 사랑의 증거가 될 수 있다고 생각한다. 그리고 백만 엔쯤은 아무 문제가 안 된다는 건 수천만 엔을 저축해둔 자만이 가질 수 있는 현실적 여유다.

연인과 진지한 관계를 생각한다는 것은 무엇일까? 싸우지 않고, 애쓰지 않고 얼굴을 맞대고 돈 이야기를 할 수 있다면 그들은 이미 풋사랑을 넘은 진지한 관계에 있다. 죽을 때까지 우리를 물고 늘어질 이 문제에 대해, 냉정하게 같이 얘기해나갈 수 있는 사람과는 미래를 고민해봐도 좋을 것이다.

예를 들어 "언젠가 넓은 집에 살며 고양이를 키우자"라는 소소한 목표를 세운 한 커플이 있다고 치자.
이 문제를 분해하면, 고양이 용품을 사기 이전에 두 사람이 해야 할 임무는 다음과 같다. 우선 방이 두 개 내지는 세 개 딸린 집을 구한다. 그러기 위해서는 집을 살 자금이 필요하다. 고양이가 병에 걸릴 경우를 대비해 비상금도 필요하다. 그러기 위해서는 저금을 하고 매달 돈 관리를 해야 한다. 너는 이걸, 나는 이걸 해야 할 필요가 있다고 서로 의논해야 한다.

그리고, 그렇게 정한 것들을 철저하게 지켜야 한다.

이것이 진지한 미래를 계획하는 연인들이 진정으로 마주해야 할
것들이다. 싸우는 것도, 침대에서 사랑을 나누는 것도 아니다. 상
대의 장점과 단점을 받아들이고 어디까지나 현실과 계속해서 싸
워나갈 관계. 이것이 바로 진정한 연인이라고 말하고 싶다.

061

싫어하는 게 같으면
오래가는 이유

전에 만났던 사람과 제일 좋아하는 영화에 등장하는 제일 좋아
하는 악역에 대한 지극히 중요한 이야기를 나누던 때였다. 나는
〈레옹〉에서 게리 올드만이 나탈리 포트만의 아파트를 습격하기
직전 복도에 서서 동그란 사탕같이 생긴 알약을 씹어 으깨며 부
들부들 떨면서 천장을 노려보는 장면을 제일 좋아한다고 말했
다. 그러자 그녀도 "나랑 똑같네"라고 대꾸해주었다. 그때 이 사
람이랑 결혼해야지 싶었지만 지금 그녀와는 남남이다.

또 다른 날 있었던 일이다. 제일 좋아하는 단편소설이 무언지 묻

길래 에쿠니 가오리의 『수영하기에 안전하지도 적절하지도 않습니다』에 수록된 「사과 오이와케」*라고 대답하자, 그녀는 갑자기 가방을 뒤지더니 그 문고판 책을 내게 보여주며 "나랑 진짜 똑같네"라고 말해주었다.

기적이란, 너무도 진부하고 평범한 대화에서 기적적인 확률로 등장한다.
결혼은 어렵더라도 같이 하룻밤을 보내게 될지도 모르겠다 싶었지만, 그녀와도 지금 남남이다.

좋아하는 게 서로 같은 기쁨만큼 즐거운 일은 없다. 오래전의 고독도, 의미를 알 수 없는 인생도, 이제 모두 구원받았다는 느낌마저 든다. 그렇지만 그것만으로는 아무 일도 일어나지 않는다. 신기한 일이다. 좋아하는 게 같은 사람끼리 행복에 겨워 어디든 함께 떠날 수 있다면, 학교 동아리나 회사 동료 중에 그렇게 된 사람이 훨씬 더 많아야 한다. 그러나 그렇게는 안 된다. 전혀, 될 기미도 안 보인다.

---

* 가수 미소라 히바리가 1952년에 발표한 노래 제목이기도 하다. '오이와케'는 일본 민요의 한 종류를 가리키는 말이다.

그렇다면 싫어하는 대상이 일치하는 것만큼 강한 결속과 연대를 형성시키는 일도 없지 않을까 싶어진다. 물론, 상대와 하고 싶은 일이 일치하는 것보다 기쁜 일은 없다. 그러나 하기 싫은 일이 일치하는 것만큼 중요한 게 또 없는 듯하다.

미학의 문제다.
우리는 자기 자신에 대해 말할 때 싫어하는 것 말고 좋아하는 것으로 표현해보라는 소리를 많이 듣는다. 누가 봐도 그러는 게 아름답다. 그렇게 아름다운 일은 몇 번을 말해도 좋은 것이다.

하지만 그럼에도 불구하고, 좋아하는 게 같은 사람끼리 맺어진 관계는 약하다.
왜냐하면 사람은 하기로 정한 것들보다, 하지 않기로 정한 것들이 더 많기 때문이다. 말로 하는 것보다 말하지 않기로 마음먹은 것들이 압도적으로 많다. 그리고 그런 성향은, 서로의 눈에 보이는 형태로 드러나지 않고 느껴야만 알 수 있다.

"가치관이 같은 사람과 다른 사람, 둘 중 누가 좋을까?"라는 고전적인 질문이 있다. 나와 가장 잘 맞는 사람은 하지 않거나 말하지 않기로 정한 것은 서로 완벽하게 일치하면서, 취미나 취향은 나와 조금도 닮지 않은 사람이다.

그런 사람이라면, 서로가 미지의 존재인 채로 '역시 당신은 특이하고 재미있어'라고 느낄 수 있다. 그렇게 영원히 소중하게 여길 수 있다.

사람을 오래 사귀기 위한 필요조건은 서로 정체를 잘 모르고 지낼 것, 서로를 끊임없이 배려할 것, 상대의 비참함도 웃음으로 바꿀 수 있는 유머 센스를 갖출 것, 그리고 이를 뒷받침하는 상대를 존경하는 마음이다.

서로 사랑에 빠지는 일 따위, 이 세상에 존재하지 않는다.
둘이서 서로를 짝사랑하고 있을 뿐이다.
아슬아슬할 때까지 의심했다가 믿기로 다짐했다가를 반복할 뿐이다.

062_____   결혼하기 전의

                                             어머니와 아버지

결혼하고 싶은 사람이 있다고 어머니에게 고백하자 어머니가 제
일 먼저 한 말은 "어떤 사람이야?"도 "어디서 만났어?"도 "언제
결혼할 거야?"도 아닌 "정신은 안정적인 아이니?"였다. 어머니에
게 남편을 고르는 기준은 '정신이 안정적인 사람'이었던 것이다.

며칠 뒤, 나는 여자 친구를 아버지에게 소개했다.
그러자 아버지가 제일 먼저 "지금까지 많은 일들이 있었겠죠. 그
러니까 나는 지난 일은 하나도 묻지 않겠어요"라며 대화를 시작
했다.

나는 초면에 상대방에게 과거를 묻지 않는 사람을 좋아한다. 학력, 직업, 나이도 묻지 않고 사람을 판단한다는 것은 굉장히 어려우면서 옳은 일이다. 눈앞에 있는 사람을 올바르게 받아들이려고 지성과 이성과 감성을 총동원하는 아버지를 보고, 나는 진심으로 멋있다고 생각했다. 하지만 맥주 한 잔으로 취기가 올라오자 민망한 우스갯소리를 연발하는 평상시의 못 말리는 아버지로 돌아왔다. 결국 아버지는 맥주 두 잔에 "그럼 나 잘란다" 하시더니 침실로 들어가셨다.

다시 본론으로 돌아와서.

정신이란 원래부터 안정되지 않는 것이다. 안정되어 있는 사람이 있다면 그것은 안정된 것처럼 연기하는 기술이 좋은 사람인 경우가 많다. 직장에서나 퇴근길에 불합리한 일을 목격하는 날에는 순식간에 정신이 흔들린다. 아무한테나 화풀이라도 하고 싶어진다. 하지만 그런 식으로 응석을 부리고 싶은 사람은, 제일 그런 응석을 부려서는 안 되는 사람이다. 가장 가까운 사람이야말로 가장 신경 써야 한다. 가까운 거리, 오랜 관계를 유지해온 사람이라고 그런 짓을 해도 될 리가 없다.

상대가 누구든, 그 사람과 처음 만났던 순간은 잊고 싶지 않다. 그렇게 될 줄 몰랐던 것. 혹은 예감대로 흘러갔던 것. 서로를 피해 도망치거나 벗어나도 좋았을 이유는 얼마든지 있었다. 하지만 그러기를 여태 참고 지금 이렇게 여전히 함께한다는 것. 그저 관계를 오래 지속시키려고 사람을 사귀는 건 아니다.

우리는 헤어진다는 말과 언젠가 헤어지게 될까? 이별이라는 말조차 어떤 의미도 갖지 않는 그런 만남이 언젠가는 이뤄졌으면 좋겠다.

나의 애인은 백 엔짜리 반지를 버리지 않는다.

어쩌다 들린 신주쿠 도큐핸즈*에서 애인과 나는 수공예품 코너
를 둘러보다가 무심코 금속 공예와 가죽 공예를 할 때 쓰는 공구
앞을 지나고 있었다. 그때 그 반지가 있었다.

아니, 엄밀히 말하면 반지가 아니었다. 열쇠고리를 끼우는 데에
쓰는 진부한 금색의 원형 고리였다. 이 고리 위에 보석 같은 것

---

* 인테리어 용품부터 문구류, 주방 용품 등을 판매하는 잡화 전문 쇼핑몰 체인점.

을 잘만 올리면, 아무것도 아닌 쇠붙이도 근사한 반지가 될 것 같았다. 그렇다. 나는 반지를 찾고 있었다.

당시 백수였던 나에게는 반지를 살 만한 돈이 없었다.
재취업을 시도하는 족족 잘 안 되었다. 통장의 돈은 조금씩 줄어들어갔다. 결혼하고 싶다는 생각은 있었지만 그 이전에 다음 달을 어떻게 살아야 할지도 막막했다. 불안해서 잠을 잘 수가 없었다.
사람 둘이 모이면 어떻게든 살아진다는 건 둘 다 자립했을 때만 해당되는 말이다. 멋진 결혼반지를 살 수도 없었고 그런 상상을 할 여유조차 없었다.

그렇다. 나는 반지를 사려고 했다는 사실을 떠올렸다.
가격표를 보니 백 엔이라고 쓰여 있었다.
"이거로 우리 반지 할까요?"라고 묻는 내게, 그녀는 "좋은 생각인데"라며 웃었다.

그렇게 해서 얇은 지갑 속 동전을 꺼내 그 고리를 두 개 샀다.
쇠붙이로 된 가짜 반지를.

금속 알레르기 때문에 고생해도 나는 그 반지를 약지에 계속 끼고 다녔다. 그녀도 그랬다.

옛 친구를 만나면 그들은 반지에 대해 물었다. 멀리서 보면 누구라도 그냥 평범한 반지인줄 알 정도로, 그 고리는 반지로 잘 둔갑해 있었다. "그런데 이거 백 엔짜리야"라고, 왠지 모르게 말을 해야 할 것 같은 기분이 들었다. 하지만 한심하게도 자존감이 방해해 말하지 못했다. 다음엔 꼭 누가 물어보면 당당하게 고백하기로 하고, 다른 친구를 만났을 때 "그런데 이거 백 엔짜리 반지야"라고 내가 먼저 말을 꺼냈다. 말을 꺼내고, 나도 모르게 뺨에 경련이 일었다. 아무리 생각해도 너무 이상한 타이밍에 고백해버렸기 때문이다.

어색한 침묵이 흐르고 "애들 장난 같기도 하고 재미있지 않냐?"라고 덧붙였다. 하지만 이미 때는 늦었다.
"백 엔짜리 반지라고? 멋있다." 친구는 그 고리를 칭찬해주었다. 하지만 기대했던 그대로의 반응에 나는 속에서 열불이 났다. 말 없이 미소 지었지만 속으로는 화가 나 미칠 지경이었다. 네가 뭘 아느냐고 소리 지르고 싶었다.

사실, 비참해도 할 수 없었다.

애인에게 이딴 것밖에 사 줄 수 없다는 것. 그래도 남들 앞에서는 폼 잡겠다는 마음뿐이고, 어떻게 하면 내가 유리해 보일까만 궁리하는 얍삽한 나 자신에게 가장 화가 났다. 하고 싶은 것을 할 수 없다. 한 푼도 못 벌고 있다. 그런 지옥 같은 나날들을 감동스러운 이야기나 눈물 짜는 촌극으로 포장하려는 내 자신이, 너무나도 안이하고 진부하고 시시해서 그 백 엔짜리 반지, 아니 그보다도 값이 덜 나가는 나를 스스로가 용서할 수 없었다. 그리고 무엇보다 이런 나를 비굴하게 만드는 이 세상을 용서할 수 없었다. 백 엔짜리 반지는 하루하루 지나며 나의 약지를 너덜너덜하게 침식해갔다. 맞닿은 부분을 푸른 보랏빛으로 변색시키는 쇠붙이의 혼령.

평범한 행복에서 점점 더 멀어져갔다. 그러는 사이 점점 더 나이 들어갔다. 그럼에도 애인은 백 엔짜리 반지를 계속 끼고 있었다. 밥 먹을 때도, 샤워할 때도, 잘 때도.

많은 일들이 있었고, 나는 새로운 직장에 다니기 시작했다.
무슨 일이 있어도 낭비는 하지 않기로 했다. 애초에 나는 사고 싶은 게 딱히 없는 사람이었다. 하지만 그냥 살아 있는 것만으로도 돈이 들었다. 돈이 갑자기 불어나는 일은 없었다. 결혼반지는 분명 몇십만 엔 아니면 몇백만 엔은 할 것이다.

결국 그 백 엔짜리 반지는 어느 날, 어디서 손을 씻다가 하수구로 들어가버렸다. 아마 지금쯤 도쿄만 바닷속 어딘가에 가라앉아 있을 것이다.

언젠가 모든 면에서 여유가 생기면, 고양이를 키우고 싶다. 애인도 고양이를 좋아하기 때문이다. 고양이는 결혼반지와 달리, 살아 있지 않은가.

페르시안 고양이를 키울지 다른 고양이를 키울지는 의논해봐야겠다. 우리 집 고양이는 세계 최고로 응석받이가 될 거다. 그러고 나서 여유가 생기고, 이제 무서울 게 하나도 없어지면 결혼반지를 사고 싶다. 애인은 이제 반지 같은 건 필요 없다고 몇 번이나 말했지만, 그럴 때마다 "필요가 없으니까 꼭 필요한 거야"라고 나는 대꾸한다.

미래의 우리 고양이도 나도 애인도 언젠가 분명히 시시한 이유로 죽게 될 것이다.

그래도 애인은 백 엔짜리 반지를 버리지 않을 것이다.

침대와
죽음과
시부야 스크램블 교차로

결혼한 지 일 년이 지났다. 이제 확신할 수 있는 것은 단 하나다. 좋아하는 사람과 함께 잠드는 것보다 더 큰 행복은 이 세상에 존재하지 않는다는 것이다.

그렇지만 나는 기혼자인데도 결혼이 인생의 행복을 약속해주는 것이라는 생각은 조금도 하지 않는다. 그래서 결혼식도 올리지 않았다. 남들에게 결혼하라고 하지도 않는다.

결혼했을 때는 깨닫지 못했는데, 심하게 스트레스를 받는 유일한 것은 언젠가 우리 둘 중 한 사람이 황당할 정도로 시시한 이유로 죽을 것이라는 생각이 들 때다. 지금처럼 소중한 하루하루를 어느 날 갑자기 결정적으로 잃게 될 수 있다. 그게 언제일지는 모른다. 그 공포가 어제도 오늘도 그리고 내일도 매일 계속될 것이다. 이건 주책없이 떠들어대는 그냥 뻔한 소리가 아니다.

어머니는 갓난아기가 잠들기 전에 한바탕 울어대는 이유에 대해 자기가 이제 죽을 거라는 착각에 사로잡혀서 그러는 거라고 가르쳐주셨다. 잠든다는 것은 분명 약간은 죽는 것이다.

순수하게 죽고 싶다는 생각을 했었던 옛날이 그립다. 죽고 싶다는 생각도, 죽고 싶지 않다는 생각도 똑같은 크기로 괴롭다는 것을 이제야 알게 되었다.

행복은 절망이다. 분명히.
연애가 고문인 것과 마찬가지다. 둘 사이에는 종이 한 장 차이조차 없다. 둘은 똑같다.
그 절망에서 평생 도망칠 수는 없을 것이다. 만약에 이혼을 하더라도, 안 하더라도 차이는 없다.

시부야 스크램블 교차로를 처음 봤을 때, 이렇게 사람이 많은데 누구 한 명 이름도 모르고, 그 사람만이 가진 슬픔도 모르고, 그 사람의 웃는 얼굴도 없고, 평생 타인인 채로 헤어진다는 것이 섬뜩하고 허무하게 느껴졌던 적이 있다. 지금도 그렇다. 다들 똑같은 생각을 하면서도 말로는 안 하는 것뿐 아닐까?

언젠가는 죽게 된다. 죽어서도 별은 되지 않는다. 우리는 고작 평범한 사람이라, 영화도 소설도 시도 될 수 없다. 뭐가 되고 싶었던 걸까? 뭘 원했던 걸까? 이제 원하는 것은 하나도 없을 텐데. 아마 가질 수 없는 것을 원하겠지.

하지만 무엇이 되고 싶은지 정체를 알게 되는 날엔 원하는 것을 위해 발버둥 칠 준비가 늘 되어 있다.

"헤어질 사람이나 멀어질 사람에게는, 그때는 그렇게 생각하지 않았더라도 언제든 돌아와도 된다고 말해주는 게 좋아. 단, 기다리면 안 돼." 이런 조언을 해주었던 선배가 있다. 회사 이야기를 하다 나온 말이었다. 하지만 꼭 직장 생활이 아니더라도 통하는 부분이 있고 이따금씩 도움이 된다.

무언가를 버린다는 것은, 그 무언가와 함께 살았던 때의 내 삶도 조금 버린다는 것을 의미한다.

십 년 전에 썼던 휴대폰 충전기는 더 이상 방을 샅샅이 뒤져도
나오지 않는다. 전자 제품 파는 곳에 가면 새로 살 수 있는지조
차 확신이 안 선다. 그렇지만 그 휴대폰을 버리면 그 시절 찍었
던 사진도, 누군가와 주고받았던 문자 메시지도 사라져버린다.
그것들이 아무리 아픈 것일지라도 그때의 나를 지우고 싶은 마
음은 좀처럼 들지 않는다. 지금의 나 역시, 지워져버릴 테니까.

같은 시절, 같은 시간을 한순간이라도 함께 살았던 사람을 버려
야 할 때가 온다는 걸 언젠간 납득할 수 있을까? 틀릴지도 모른
다는 것조차 겁나지 않았던 당시 나의 올바름을 버린다는 게, 나
중에는 옳은 일이 될 수 있을까? 나는 그렇게 생각하지 않는다.

이별이란 서로가 조금씩 죽는 것이다.
그리고 실연의 끝은 이제 두 번 다시 서로 상처를 줄 수도 입을
수도 없는 순백의 공백, 그 거리로 되돌아가는 것을 뜻한다.

우리는 먼 훗날을 약속한다. 절대로 시시한 이유로 죽지 말자고.
"잘 있어" 또는 "잘 지내"라며 서로 우물쭈물하며 헤어진 상대
방과는 신기하게도 대개 또 만나게 된다. 하지만 "언제 또 보자"

라고 말하고 헤어진다면 그날이 정말로 마지막 날이 되곤 한다.

누구와 어디에 있건 무얼 하건 상관없으니까, 적어도 잠을 잘 때는 따뜻하게 하고 자기를 바란다. 폭신폭신한 침대에 폭신폭신한 베개가 있으면 된다. 불행하든 행복하든 심심하든, 어쨌든 살아 있기를 바란다. 살아 있기를 바란다는 건, 내게는 가장 큰 사랑의 표현이다. 그 이상의 사랑을 우리는 증명할 수 없다.

언젠가 당신이 나를 떠올리면 되는 것이고, 나는 당신을 떠올리지 못하면 되는 것이다.

서로가 조금도 슬퍼하지 않고 끝낼 수 있는 최고의 이별 방법은 무엇일까? 그 방법에 대해 좋아하는 사람과 좋아하는 술을 마시며 고민한 적이 있다.

그때 갑자기 이런 유치한 말이 입에서 튀어나왔다. "만약 십 년 후에 우리 둘 다 살아 있고 서로에 대한 기억이 남아 있으면 여기 오는 걸로 하자. 우리가 어떻게 변했든 기억만 하고 있으면 꼭 여기로 오자. 둘 중 한 명이 잊어버리면 한 사람만 오는 거고, 혼자 술 마시면 되지. 우리 둘 다 잊어버리면, 그래도 상관없고."

당연히, 상대방은 내가 취해서 한 농담이라고 생각했다.

십 년 후를 약속하는 것은 정말로 좋아하는 사람과만 할 수 있다. 십 년 후, 이 가게에서 술을 마시다가 네가 했던 말에 상처를 받았지만 그게 너여서 좋았다는 그런 부질없는 옛이야기를 하고 싶다. 그때 네가 생각 없이 내뱉었던 말들이 아직까지도 너무나 인상적이라고, 부질없는 이야기에 부질없는 이야기를 덧대고 싶다.

내가 하는 모든 이야기에는 '이거 지금 막 떠오른 건데'라고 운을 떼면서. 실은, 어느 것 하나 잠시도 잊은 적 없다는 건 비밀로 부치고.

십 년 후의 약속을 계속하고 싶다. 좋아하는 사람과 함께. 언젠가 찾아올 이별을 떠올리며 계속 발버둥 치고 싶다. 앞으로 십 년 동안은 절대 시시한 이유로 죽지 않기 위해서.

이러다 죽겠을 만큼 내 자신이 싫어졌을 때,

나를 구해주는 건 "그런 지금의 너를 좋아해"라는,

툭 내던진 미소와도 같은 한 사람의 긍정적인 마음이다.

설령 그와의 관계가 깨지더라도 그 말만은 영원한 방패가 되어

나를 지켜줄 것 같은 기분이 든다.

설령 그런 말로 보호를 받는다는 것이 무의미할지라도 말이다.

도쿄.

대낮에 보는 바다보다 한밤중에 보는 바다가 아름답다고 느끼는 이유는 내가 아직 젊어서 그런 것 같다. 피겨 스케이트 경기를 볼 때도, 경기를 펼치는 선수보다 선수가 퇴장할 때마다 관중들이 던진 꽃다발을 묵묵히 줍는 이름 모를 사람들이 더 아름답다. 이유는 명백하다. 내가 평생 받을 리 없는 꽃다발을 한가득 안고 있는 사람이기 때문이다. 설마 행성에서 강등되었다고 명왕성을 잊은 사람은 없겠지?

이런 걸 쓰려던 게 아니었는데, 이런 삶을 살려던 게 아니었는데, 이런 글을 쓰면서 또 봄이 오고 벌써 이런 나이가 되었다. 이 책의 글은 전부 휴대폰으로 쓴 것이다. 메일 보관함에 써놓고 스스로에게 보냈다. 글을 쓸 때는 줄곧 열아홉 살 때 도쿄에서 혼자 살던 나를 떠올렸다.

너는 나를 찾았다고 생각하겠지만 너무 늦었어. 안녕.

사랑이고 뭐고 전부 부정하고 싶다. 이유나 의미, 그런 것들도 전부 부정하고 싶다. 우리는 달짝지근한 말로부터 앞으로도 계속 도망쳐야 할 필요가 있다. "복수를 하면 안 돼"라고 말하는 사람에게 "복수가 뭐가 나빠?"라고 받아치는 것이 각본가의 사명이라고 한다. 외로운 밤에 무얼 해야 할지 고민하다니 한심하다는 소리를 들은 날에는, 총알택시를 타고 내가 좋아하는 사람의 집으로 간다. 전봇대를 걷어차며 한밤중의 클럽으로 뛰어든다. 타오르는 노을을 앞에 두고 감아둔 이어폰을 꽂는다. 우는 게 금지된 행성에서도 어떤 이는 타들어가듯 눈물을 흘릴 것이다. 담배 끊으라던 어른이 세상을 떠나고, 드디어 나도 어른이 된다. 침대위의 사랑은, 굳이 색으로 말하면 하늘색에 가깝다. 지하철 노선의 온갖 단어들을 잃어버려야지. 모든 것이 다 밉다. 애잔하다. 사랑스럽다. 나는 도쿄를 사랑한다.

방과 후에 듣던 노래를 요즘에는 전혀 안 듣게 되었다. 밑줄을 잔뜩 그으며 읽었던 소설은 다시 읽어도 손이 멈추는 일이 없다. 겨울 추위에도 아랑곳 않고 몇 번이고 걸었던 밤길은 이제 아무 렇지도 않은 길이 되었다. 좋아했던 사람이 죽고, 좋아했던 나도 죽는다.

언젠가 좋지도 싫지도 않은 마을에서 좋지도 싫지도 않은 얘기를, 당신과 함께 나누고 싶다.

옮긴이 **이홍이**

연세대학교에서 심리학과 불어불문학을 전공하였고, 서울대학교 대학원 협동과정 공연예술학과에서 석사학위를 취득했다. 일본 오차노미즈 여자대학 비교사회문화학 전공 박사과정을 수료했으며 현재 번역가로 활동 중이다.
옮긴 작품으로는 소설 『우리에게 허락된 특별한 시간의 끝』 『비교적 낙관적인 케이스』 그 외 연극 다수가 있다.

언젠가 헤어지겠지, 하지만 오늘은 아니야

초판 1쇄 발행 2018년 10월 25일
초판 3쇄 발행 2018년 11월 28일

지은이 F
옮긴이 이홍이
펴낸이 김선식

경영총괄 김은영
기획 윤세미   **편집** 박화수   **디자인** 심아경   **책임마케터** 양서연
콘텐츠개발3팀장 윤세미   **콘텐츠개발3팀** 심아경, 이현주, 박화수
마케팅본부 이주화, 정명찬, 최혜령, 이고은, 양서연, 이유진, 김은지, 박태준, 배시영, 기명리, 박태준
저작권팀 최하나, 추숙영
전략기획팀 김상윤
경영관리본부 허대우, 임해랑, 윤이경, 김민아, 권송이, 김재경, 최완규, 손영은, 김지영
외부스태프 송아람(일러스트)

펴낸곳 다산북스   **출판등록** 2005년 12월 23일 제313-2005-00277호
주소 경기도 파주시 회동길 357 3층
전화 02-704-1724   **팩스** 02-322-5717   **이메일** dasanbooks@dasanbooks.com
홈페이지 www.dasanbooks.com   **블로그** blog.naver.com/dasan_books
종이 (주)한솔피앤에스   **출력·인쇄** (주)갑우문화사
ISBN 979-11-306-1950-7 (03830)